AF364529

Entre Claro y Oscuro

Historias misteriosas que me contaron en la infancia

DAVID PALACIOS VALVERDE

DAVID PALACIOS VALVERDE

Entre Claro y Oscuro

Historias misteriosas que
me contaron en la infancia

LETRA

ENTRE CLARO Y OSCURO

Contacto del autor:

davidpalaciosv@yahoo.com

Del editor:

Editado por Letra
de Carlos Eduardo Caguana Sucre
Av. Paseo la Castellana S/N Torre C dpto 702 – Santiago de Surco
Agosto 2020
contacto@letragrupoeditorial.com
www.letragrupoeditorial.com

Diagramación: Andrea Vallejos

1era Edición, agosto 2020

Impreso por Amazon KDP

Hecho el Depósito Legal en la Biblioteca Nacional del Perú N°: 2020-04756
ISBN: 978-612-48242-6-5

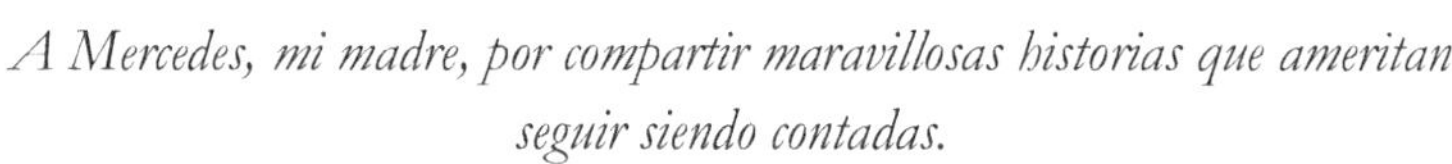

A Mercedes, mi madre, por compartir maravillosas historias que ameritan seguir siendo contadas.

A Mercedes, mi hija, por escuchar cada día mis historias y crear las suyas propias.

A Soraya, por ser mi inspiración permanente.

ÍNDICE

Nota del Autor

Durante mi infancia me contaron muchas historias, algunas de ellas conocidas en mi ciudad, o en mi región (Huaraz-Ancash); y otras, solamente conocidas por unos cuantos. Estas fantásticas historias hacían que mi imaginación pudiese volar libremente y así permanecieran grabadas en mi memoria por mucho tiempo.

Varios años después decidí escribirlas, y en ese proceso se produjeron varias modificaciones. Se incluyeron «tal vez un antes o tal vez un después», para que el lector pueda entender un contexto integral de los cuentos; son entonces, historias que me contaron en la infancia pero que ya no son las mismas.

Este libro, compuesto por cuatro cuentos, presenta protagonistas, lugares y vivencias, que combinan mucho de ficción y, quién sabe, si parte de la realidad.

Los nombres de los personajes son ficticios.

«Yo no soy de esta... soy de la otra»

Han pasado tantos años desde aquella noche de julio de mediados de los ochenta, que parece increíble que en mi memoria todavía se conserven con tanta nitidez todos esos acontecimientos, entonces tan comunes, a los que apenas les prestábamos importancia.

Hoy los recuerdo. Escucho historias de horror y leo noticias sobre todo eso y siento un extraño revoloteo en las entrañas, porque después de tanto tiempo he regresado a la que fue mi ciudad y siento en el fondo que he recorrido más de mil kilómetros para llegar precisamente a este bar en el que un borracho te cuenta siempre la misma historia, y hoy, también yo, tengo la mía.

Para nosotros era una noche más; las vacaciones escolares de medio año recién comenzaban y todo el grupo de chicos del barrio jugábamos detrás de un viejo balón de plástico heredado de algún primo mayor, pero de rato en rato nos percatábamos de un inusual movimiento de personas que transitaban por la avenida Bolívar rumbo al barrio de Villón.

—¿Qué habrá? —preguntó distraídamente uno de nosotros y, al no hallar respuesta, siguió corriendo y jugando.

Las horas pasaban y tuvimos que interrumpir nuestro juego callejero porque la frecuencia de tránsito de los autos había aumentado como nunca antes por esta «nuestra calle», y ya no nos permitía continuar sin el riesgo de sufrir algún accidente, sobre el cual nuestras madres nos habrían dado un certero zapatazo por no haber entrado temprano a nuestras casas.

Nos sentamos unos minutos en la vereda uno al lado de otro, sudando el calor de nuestra diversión interrumpida e intrigados por tanto movimiento, para observar a la gente joven que con sus mejores trajes pasaba delante de nosotros conversando sin prestarnos atención.

Fue así que nos enteramos que Marianita Loli, una linda muchachita que desde niña había pasado a diario de la mano su madre por nuestra calle, cumplía sus quince inviernos y los afortunados invitados iban con la idea de pasar la mejor de las noches.

...

He regresado a esta taberna después de varios años. Este lugar icónico al que solía frecuentar en la juventud temprana. Todo el ambiente se caracteriza por su madera de eucalipto y yeso crudo y sin pintar, así como el piso de tablas irregulares que hacen un sonido agudo y crujiente a cada paso. Es oscuro y huele a tierra mojada, tiene una barra de una preciosa madera tallada y se puede leer una inscripción que reza: «Quien come y bebe en este bar, solo muere de viejo».

Esta vieja taberna, que por muchísimos años fue el centro de gravedad de mis coterráneos y foráneos, había sido

14

testigo de mucha diversión, baile, peleas, amoríos de una noche (o para siempre), y buenas conversaciones en la barra, acompañadas por mucha cerveza.

Esta misma taberna era la que durante el día se reinventaba como *chochería*-bar y albergaba a jóvenes y viejos, sedientos y hambrientos de continuar su día con un delicioso plato de tarwi preparado con limón, cebolla, tomate y ají junto a deliciosa cerveza, rubia o morena.

Ingreso y voy directamente a las mesas del fondo, a la parte más oscura en busca de «el loquito», un borrachín que se sienta en la vieja mesa de madera hecha a mano, con la esperanza de que alguien le invite un trago, y a cambio te cuenta la historia del motivo por el cual tiene las mejillas moradas de forma permanente, como si hubiese recibido un duro golpe al cual los médicos no han sabido darle respuesta.

—Era la fiesta del año —comienza a decirme cuando me acerco con dos cervezas Pilsen de botella verde, y, aunque ya he oído la historia hace cuatro años, lo escucho otra vez porque hoy tengo un motivo especial.

...

La noche había sido larga y todos estábamos algo cansados, así que nos quedamos sentados sobre la vereda, conversando, contando chistes o divirtiéndonos tranquilamente con juegos como *el teléfono malogrado*, hasta que nuestras madres comenzaron a llamarnos uno a uno para ir a dormir.

Como siempre, yo fui el último que se quedó en la calle; sentía algo raro en el ambiente, una sensación que hoy puedo descurbir como soledad y miedo; di una última mirada a mis dominios y por fin entré a mi casa, mientras la luna se ocultaba tras una gruesa nube azul.

...

—En ese tiempo, yo era el dueño de la ciudad –continúa contándome «el loquito», quien en realidad se llama Guillermo Obando.

Y es verdad, era hijo de un rico comerciante al que apenas veía por sus continuos viajes o negocios no santos, como decían las vecinas chismosas. Tenía entonces diecinueve años de edad, era un conocido conquistador de muchachas, desde escolares hasta maduras; se decía que incluso estaba a punto de irse a estudiar fuera del país, tenía auto propio, un antiguo Dodge celeste muy bien conservado y, aquella noche, tenía pactado un encuentro furtivo con Marianita Loli, la quinceañera que estaba loca por él.

—Cuando llegué todos me saludaron y me invitaron a quedarme en su mesa o con sus grupos a tomar el mejor licor, pero yo no tomaba entonces, como *chupo* ahora, ¿me entiendes? Algunos me dicen que seguramente estaba borracho o tal vez drogado... pero te lo juro, *chibolo,* en ese entonces yo no era como me ves ahora... –me dice señalando su extrema delgadez casi fantasmal, sus rojos ojos y su ropa sucia.

—La fiesta era de lo mejor que se había visto: comida, bebida, mujeres, música, todo, ¡todo!, y yo de rato en rato le echaba una mirada a la Marianita, a la que iba a ver a las dos en el patio. Todo estaba bien, pero yo me sentía aburrido, ansioso, es más, hasta ya me iba a ir, cuando de pronto vi a la mujer más linda que te puedes imaginar, sola, *soliiita*, sentadita en las escaleras; me acerco y me clava una mirada que me dolió. Tenía los ojos más oscuros y profundos que hubiera visto en mi vida.

Me va contando la historia y, conforme la describe, yo voy recordando. Es increíble... ¿Es la misma mujer?, solo que han pasado trece años desde el quinceañero de Marianita Loli ¿y este borracho me habla de la misma mujer con la que he estado la semana pasada? No, no puede ser, me niego a pensar que haya algún tipo de relación entre lo que pasó hace tantos años y lo que me ha pasado recientemente. Y, de pronto, las palabras de Guillermo interrumpieron mis pensamientos y me llevaron a imaginar lo que él había visto:

—Llevaba una copa de vino en su mano derecha y con la izquierda jugaba con un botón de su ropa. Nadie me cree, muchacho. Era una invitada más de aquella noche, con ella bailé, conversé y me reí; hoy todos me dicen que me senté en un rincón y no hablé con nadie hasta que me fui. Lo cierto es que cuando me distraje un rato, ella ya no estaba...

...

He venido a este bar a oír esta historia porque el viernes pasado salí a beber con los viejos amigos de infancia. Después de varias cervezas en la tienda de «la tía», fuimos a un lugar en el centro de la ciudad donde además podías comer algo y bailar, y de pronto, encontré a la mujer más bella que ni siquiera mi imaginación hubiera llegado a concebir... y sí, ¡maldita sea! Tenía los mismos ojos, la copa de vino y el botón del que me ha hablado Guillermo.

...

Siento correr el sudor frío por mi frente y empiezo a morderme las uñas mientras los cigarros se consumen lentamente como nuestras vidas y nuestra historia...

–Quisiera que alguien me crea –me dice. No le respondo, pero en mi interior le digo «yo te creo». Luego continúa: –He pasado tres años en un hospital, y cuando logro despertar, y cuento mi historia, resulta que nadie me cree, ¡ja ja ja! –Se ríe de buena gana y con mucho estruendo antes de tomarse de golpe el último vaso de cerveza–. ¿Qué? ¿No quieres saber el final? –Me pregunta, y al ver que asiento con la cabeza continúa–. Ponte un par más, *pe'*.

Compro dos cervezas más para mitigar su sed de borracho que ha pasado el punto de no retorno y mi ansiedad voraz de animal desorientado y sediento de respuestas.

Entonces, como en una antigua película dañada, oigo que prosigue hablando de cómo fue cuando salió del coma, de ese despertar con el horror enquistado en su garganta en un lugar completamente desconocido y totalmente solo con una oscuridad absoluta; del cómo su familia feliz y llena de algarabía al inicio por su retorno a esta vida, cuando ya lo creían perdido, poco a poco lo fue abandonando al darse por vencidos y agotados física y mentalmente por su insistencia en la misma historia de la mujer de los huesos.

Aunado a ello, el licor, cada vez más licor que lo iba destruyendo y consumiendo su cuerpo y su mente día tras día y hora tras hora, de cómo para matar las penas y los recuerdos prefería un poco de ron, pisco, o *caliche* en lugar de un plato de comida. De cómo desde que reaccionó solamente dormía una o dos horas al día, ya que decía que tenía que recuperar tres años de su vida.

…

Mientras tanto, yo recuerdo a la misteriosa y bella muchacha que, a pesar de que insistí tanto, no hubo manera posible para convencerla de que me dijera su nombre porque según ella «no importaba».

—No insistas, amigo. ¿En qué cambia la cosa? —me había dicho, mientras miraba al infinito con sus enormes ojos negros, tristes y profundos.

Bailamos toda la noche, nos reímos, nos divertimos y hasta en un momento que bajó la guardia logré robarle un beso furtivo, como en la época escolar. Cuando fui a buscarle más vino sentí un extraño presentimiento, tal vez el mismo presentimiento de hace trece años cuando opté por entrar a casa la noche del quinceañero de Marianita Loli; pero, esta vez, no seguí adelante y regresé sobre mis pasos en su búsqueda. Ella ya no estaba. Salí corriendo y la vi perderse de prisa en la oscuridad, me apresuré en alcanzarla y, cuanto más me acercaba, parecía estar más lejos.

Por fin llegué a su lado y le pedí que me dejara acompañarla. Se negó y siguió caminando de prisa. Me paré frente a ella, la miré fijamente y le dije, mientras retrocedía a su ritmo:

—Está bien si quieres irte sola, está bien, también entiendo que debes tener tus motivos, tal vez no quieras volver a verme, pero te pido, por favor, que al menos me digas tu nombre y te dejaré tranquila. Prometo no molestarte más si me lo dices.

Entonces me detuve, me hice a un costado y la dejé pasar, alcanzando a oler su perfume de jazmín cuando cortó el aire al pasar a mi lado. Ella dio unos tres pasos más y también se detuvo. Quedamos de espaldas y en silencio mientras yo me sentía ganador. Unos segundos después, escuché sus pasos, que se dirigían hacia mí. No me moví y, mientras volteaba escuché que me decía:

—Tengo mucho frio. Pero ya tengo que irme. Lo he pasado muy bien, pero ya es mi hora.

De manera inmediata me quité mi casaca de cuero negro que me acompañaba hacía muchos años y se la puse sobre los hombros. Ella me miró hasta el fondo del corazón y me lanzó una sonrisa que, aún hasta ahora, no me deja dormir. En silencio comenzó a caminar, al tiempo que yo caminaba a su ritmo. La estaba acompañando y todavía quedaba la noche entera para nosotros.

La noche era de luna llena, radiante, luminosa, inmensa. Caminamos mucho tiempo por callecitas que ella conocía mejor que yo, ya que hacía varios años no vivía en la ciudad.

Nunca dejó que le tomara la mano y más bien las cruzó sobre su pecho; sin embargo, en todo momento correspondió mis ataques de cortejo con sonrisas y carreritas cortas. Me sentía un adolescente en esta cacería donde el amor furtivo parecía tan cerca, pero al mismo tiempo se aleja, aunque no mucho, como para que no pienses que estás perdiendo distancia.

Por fin, cansado de la caminata, la abracé por los hombros, la puse frente a mí y le di un largo y tierno beso. Me miró como si me conociera de toda la vida y sus mejillas se sonrojaron. Escapó con una sonrisa que estoy seguro sabía muy bien me iba a turbar. Cuando reaccioné, escuché que me decía:

—Hemos llegado. Esta es mi casa —dijo mientras me señalaba la puerta justo frente a la cual estábamos parados—. Tengo que entrar, sino mi papá saldrá y nos hará pasar un mal rato. Me gustó mucho estar contigo.

—Quiero verte antes de irme —dije con desesperación.

—Noo, ¿ya para qué? —me respondió al tiempo que cerraba los ojos invitándome a besarla nuevamente. Así lo hice y luego insistí:

—¿Mañana? ¿Mismo sitio?

—*Yaaa*, está bien, pero me escaparé solo un ratito. Nunca he hecho esto de dos noches seguidas, pero lo voy a hacer. Ahora debo irme, sino mi papá sale y nos cae —dijo mientras entraba en la casa por un pasaje lateral, dejándome solo en medio de una calle desconocida, pero lleno de emoción e iluminado por una luna, cómplice de esta noche.

Mi regreso fue difícil. No conocía muy bien dónde estaba; parecía como si esta parte de la ciudad se hubiera quedado detenida en el tiempo: empedradas calles tranquilas y estrechas, enormes árboles vetustos y el olor a ciprés, buganvilias y floripondios de los jardines y huertas cercanas.

Ningún perro ladraba, sólo se escuchaba un *tuku* con su lastimero canto en algún lugar oscuro.

Por fin encontré la ruta y regresé con los viejos amigos que me preguntaban dónde había estado hace tanto rato. Yo les dije que no había demorado mucho, pero para ellos era como si no me vieran hace varias horas. No les hice caso y me fui a mi casa a descansar y seguir soñando con que al día siguiente la volvería a ver. «Nunca me dijo su nombre», me dije a mí mismo, antes de dormir.

Al siguiente día lo único en lo que pensaba era que por la noche volvería a ver a la muchacha de ojos tristes. Las horas no transcurrían y los viejos amigos me preguntaban frecuentemente dónde había estado la noche anterior que había desaparecido por varias horas. Yo les respondía que no debí haber tardado más de una hora y ellos se burlaban de mí. Pero yo no les hacía caso; all contrario, constantemente tarareaba *«porque voy a salir, esta noche contigo»*, una antigua canción que me gustaba y me preparaba para mis noches románticas.

Llegada la hora fui solo. Me excusé con los viejos camaradas alegando compromisos familiares y con la familia refiriendo compromisos ya asumidos con los amigotes de barrio. Llegué temprano y la busqué con ansias, no la hallé. Avanzaban las horas y ella no estaba. Pasada la media noche la angustia me asaltó en forma de visiones borrosas o destellos de luz; todas las chicas me parecían ella, y ella no estaba.

Comencé a rumiar mi desesperación con tristeza y rabia. Me iba la noche siguiente y era muy probable que nunca más la volviera a ver. No sabía en cuantos años más volvería a visitar mi ciudad; cada vez todo era más difícil y mi nuevo mundo, lleno de libros y computadoras, me devoraba cada vez más mientras me entregaba sin resistencia a una vorágine en la que iba perdiendo el control de mi vida cada día más.

En la última vuelta que había decidido dar, la encontré. Mi corazón comenzó a latir emocionado pero muy acelerado. Mientras la veía en la última mesa, allí, en el sitio más oscuro, no pude evitar sentir un poco de temor, no sé si a ella, no sé si a la situación a la que había llegado o era miedo a que mi corazón estallara en ese mismo momento.

...

Vuelvo a tomar conciencia de mi presente y tengo a Guillermo frente a mí, y veo cómo se le llenan los ojos de rabia, impotencia y dolor. Bebe sin parar de inicio a fin del vaso lleno y tira la espuma al suelo, y sigue contándome:

—Corrí a la calle y la vi a lo lejos, subí a mi carro y la alcancé, quería llevarla y ella se negaba, me bajé, quise cogerla de una mano y ella se detuvo, conversamos un rato, luego ella se acercó y cogió mi cara con sus dos manos, me miró tan fijamente que tuve miedo.

—¿Miedo? —pregunto.

—Sí, miedo… —fue su respuesta resignada.

...

Mi mente se va nuevamente a la noche del viernes último.

Me acerqué a ella despacio, como analizando lo que me ocurría, mientras parecía que no me veía y solo jugaba con el botón de su abrigo y tomaba de una copa de vino tinto. Miré las delicadas formas de su rostro y su aroma llegó hasta mí firme, intenso y se quedó impregnado en mi piel y mis recuerdos.

Me senté a su lado y me acerqué a su oído a decirle que me había hecho esperar una eternidad. Después de eso, ya sabes, copas, risas, excesos, promesas que ambos sabíamos no se habrían de cumplir jamás y que no caben en esta historia.

Van y vienen a mi mente imágenes borrosas de la segunda noche juntos. ¿Era un sueño, acaso? Porque a pesar de estar seguro de estar en un local nocturno, aparecen pasajes de atardeceres en inmensos campos sembrados de maíz con ella a mi lado, triste pero serena; y luego muchos rostros flotantes de gente que no conozco que, conforme llegan, desaparecen al momento.

Después estaba otra vez en el local oscuro y bullicioso con ella que me sonríe y me cuenta muchas cosas que había querido hacer y no había podido. Quería dedicarse a la costura y a cocinar para su familia, tener una casita con ventanas blancas, tres hijos a los que llamaría Gabriel, Joaquín y Facundo. Poder ir al campo y disfrutar de los atardeceres, que era lo que más le encantaba.

—Todo eso se truncó —me dijo entre sollozos, y yo no comprendo por qué dice algo así, y mucho menos su llanto.

—Eres joven, tienes toda la vida por delante. ¿Por qué dices eso? —le pregunté. Ella enjugó sus lágrimas con un pañuelito blanco que llevaba doblado y oculto en la manga de su abrigo verde, quiso decirme algo diferente, estoy seguro, pero calló y, cambiando la conversación, solo me dijo:

—Nadie sabe lo de nadie —y ante mi silencio continuó— ¿Me traes más vino?

Me puse en pie y me dirigí a la barra, pensando en las cosas que ella había estado diciendo, pero de pronto ya no estaba en el local, sino en mi viejo barrio la noche del quinceañero de Marianita Loli, y desde arriba, me vi a mí mismo, adolescente, flaco y sudado, parado frente a mi puerta antes de entrar a casa mirando la luna que se ocultaba. Fue entonces que volví sobre mis pasos a buscarla a la mesa más distante y el rincón más oscuro. Ella ya no estaba.

La busqué locamente por todos los rincones y, recordando la noche anterior, salí rápidamente a la calle. La vi a lo lejos, su silueta casi se perdía en la noche, pero yo estaba seguro de que era ella y corrí a alcanzarla. Jadeante, llegué a su lado ante su asombro.

—No te vayas, quiero estar contigo un rato más —le dije recuperando el aliento y con las manos en las rodillas— probemos si podemos hacer algo para que esto no quede aquí— continué. Ella solo se quedó en silencio, como pensando o recordando algo…

…

Guillermo levanta un poco la voz y me hace retornar al bar en el que estoy tomando unas cervezas con él, y continúa contándome su historia:

—Después le dije: «¿Pero por qué no quieres que te lleve?». Y fue entonces que me respondió: «Porque yo no soy de esta... soy de la otra».

Fue entonces cuando abrió su abrigo verde y pude ver que ella, al interior, era puro huesos y piel seca, y hasta con pequeños gusanos recorriendo sus costillas, pero su cara era la misma, bella, preciosa... después todo negro, todo negro, hasta que me desperté en un hospital tres años después con estas manchas en mi cara, justo donde ella me tocó, *chibolo*.

Luego ambos nos quedamos en silencio, mirándonos como queriendo establecer una línea de incredulidad o de complicidad.

Él fumaba sin detenerse, tal vez pensando que no le creo y que estoy aquí porque no tengo con quien compartir mis cervezas; yo pieno que si le cuento mi historia puede pensar que me estoy burlando. Mejor me quedo callado. ¿Para qué tentar la suerte si hoy no es necesario? Por mi parte, yo no podía detener a mi mente que volaba en todo momento a los recuerdos de la última noche que la vi.

...

Ahí estábamos. Yo, pidiéndole que se quede un poco más y que exploremos alguna alternativa que nos permita estar juntos a pesar de las circunstancias, y así, no darle gusto al destino. Ella, en silencio tratando de concretar un ineludible adiós sin dolor para ambos; y la luna que nuevamente nos acompañaba en medio del vacío y el silencio de la calle.

—Yo estoy dispuesto a renunciar a todo lo que tengo lejos y quedarme aquí, contigo. No me importa cómo, pero lo haré si tú me dices que sientes lo mismo que yo. También entiendo que te puedo estar abrumando, pero el sentimiento es o no es, el amor nace con amor o no nace. Si para ti no es lo mismo, dímelo y te dejaré en paz para siempre.

De pronto puso su mano sobre mi hombro, era la mano más fría que había sentido, era tan fría que quemaba.

—No... tú no —dijo muy despacio.

Yo no logre escuchar bien o no entendí bien lo que quiso decirme, así que moví la cabeza, mirando su mano y desorientado, pregunté:

—¿Qué?

—Lo que has dicho, en paz para siempre, así quisiera estar —fue su respuesta, en voz baja y resignada.

—No entiendo —alcancé a decir.

Miré al cielo donde ahora estaba la misma luna ocultándose tras una gruesa nube azul como en mi adolescencia, no sé por qué lo hice, tal vez fue solo un segundo o dos, no fueron más, estoy seguro, luego la busqué con los ojos y los sentidos, pero ella ya no estaba más. Se fue para siempre de mi vida...

Al día siguiente fui a buscarla a la casa hasta donde la había acompañado la primera noche. Me costó trabajo hallarla, pero al cabo de un buen rato estaba frente a una pequeña casa de paredes amarillas, jardín con hierbas aromáticas, ventanas blancas y puerta de madera. Estaba seguro que era allí, pero no me animaba a tocar.

Tal vez yo debía entender que si se había marchado era porque no quería estar conmigo y para ella solo había sido un par de noches que quedarían en un recuerdo trilce, aunque para mí se quedarían en el rincón más profundo de mi alma, donde guardo los momentos de nostalgia que me acompañarán toda la vida. Tal vez el presentarme ahora ya haría que mi actitud sea impertinente y que sea mejor que alguna vez admita que simplemente no me correspondieron, y seguir mi camino.

No sé cuánto tiempo estuve allí. Parado frente a la puerta de la casa y sin nadie que me viera o se acercara a preguntarme qué hacía. Mi mente se iba entre los recuerdos de las dos noches que había pasado con ella, y entre los pasajes borrosos que me habían asaltado en algunos momentos de la noche anterior. Sobre mis recuerdos de la noche del quinceañero de Marianita Loli, sobre el atardecer en ese inmenso maizal en el que estoy seguro nunca estuve.

Fueron tan vívidos que en algún momento pensé que llegaron a ser reales; pero no. Allí estaba yo frente a la casa de la chica con la que había estado las dos últimas noches y que había logrado robarse mi corazón y, al parecer, también mi cordura.

Ni siquiera sabía su nombre. Habíamos hablado de todo, de la vida, del amor, pasado y futuro, de lo real y lo esencial que muchas veces es invisible para los ojos, como había leído en un viejo libro que encontré en la biblioteca de mi padre y que hablaba de una rosa y un zorro; sin embargo, por más que quise, ella nunca me había dicho su nombre.

Al inicio me había dado un certero golpe al responderme con un «¿Para qué? ¿En qué cambiarían las cosas?» hasta que poco a poco me fui dando cuenta que ya no importaba. ¿Será acaso que a veces para conocerse hasta el alma, conocer de nuestra inocencia y pasión no son necesarios membretes y es mejor conocer nuestro verdadero yo? ¿De saber si hemos andado por caminos de cristal y noches sin estrellas y que albergamos esperanzas de lograr nuestros más oscuros deseos y sueños?

Reaccioné y me di cuenta que había pasado mucho tiempo. Esa misma noche viajaba de regreso a mi mundo, el cual empezaba a odiar. A levantarme muy temprano todos los días, vestir la misma ropa que usaban otros cientos o miles, y después papeles y más papeles que leer por obligación y no por gusto o pasión. Comer solo y por las noches refugiarme en aventuras sin sentido con mujeres que no me llenaban y ni siquiera lograban encender una velita de ilusión.

Así que muchas veces prefería la soledad: encerrarme en mi madriguera y alimentarme de mis recuerdos de una infancia feliz y una adolescencia que fue cortada viendo morir estrellas en el cielo oscuro, arrancándome del tallo para colocarme en un espacio al que no pertenecía. Tal vez yo mismo lo quise así, tal vez no tuve el valor suficiente para hacer un alto en el camino y retroceder sobre mis pasos y regresar al mundo en el que realmente era feliz, ya que mis raíces habían quedado firmes y para siempre.

Por fin me animé a tocar y una amable señora me atendió.

No supe qué decir. ¿Por quién debo preguntar?, pensé, y solo alcancé a balbucear algo sobre una bonita chica joven de ojos oscuros. La mujer se mantuvo serena al inicio, pero luego los ojos se le llenaron de lágrimas.

Me invitó a pasar, pero yo no quise. La verdad era que había quedado impactado con esa reacción y lo único que quería era volver a ver a la muchacha de ojos tristes, tal vez oír alguna razón o respuesta o solamente despedirme e irme y seguir cada uno nuestras vidas.

Ella insistió en que entre y yo insistí en quedarme afuera. Fue entonces que me dijo:

—Joven, ella era mi hija. Ya no está con nosotros hace varios años. Dios me la tenga en su gloria.

Sus palabras fueron para mí como un golpe seco en el pecho, me sentí desorientado por un momento, mareado y aturdido. No puede ser posible que me esté diciendo eso… y de pronto otra vez en mi mente la noche de luna del quinceañero de Marianita Loli y el inmenso sembrío de maíz con su atardecer rojizo; y ahora ella, siempre sola, siempre en el lugar más alejado y más oscuro y todos los momentos que hemos tenido no hay nadie más.

Al darme cuenta de todo me quedé solo, destrozado y vacío. Sin embargo, traté de retrucar, pero la voz no pudo salir de mi garganta, tal vez resignada y convencida de una verdad inesperada.

Transcurrieron breves segundos y en ese momento me pregunté tantas cosas. ¿Es posible que se pueda regresar desde el otro lado de la muerte? ¿Para qué? ¿Por qué yo? ¿Por qué conmigo? ¿Cuál era su mensaje para mí? ¿O solo era mera coincidencia y yo fui un pasajero del camino tomado al azar? No hallé respuestas y en realidad creo que no quería tenerlas. Solo habría aumentado mi angustia y el vacío doloroso que se iba formando en mi estómago.

La mujer vio mi desesperación y yo más bien la vi serena. Eso me asustó más y por ello decidí marcharme. Sea verdad o no, ya que no quería saber nada si alguien jugaba o mentía con algo tan delicado. Lentamente, recobré mi total conciencia y comencé a gobernar mi cuerpo dando unos pasos hacia atrás tratando de encontrar el camino para retirarme.

–Joven, no se vaya –me dice y se me acerca con su paso ligero– es ella, ¿no?

Después me entregó una fotografía de la chica de mis desvaríos. Luego entró apurada a su casa, pero dejando la puerta abierta. Yo me quedé con la fotografía en blanco y negro entre mis manos, y sí, era ella. Esos ojos negros profundos como océanos eran inconfundibles, su sonrisa única, la más bella que había visto en mi vida.

Luego vi que la mujer salió nuevamente, siempre con su paso apurado, mirándome pendiente de la respuesta a la pregunta que me hizo al entrar a su casa. Tomó la fotografía de mis manos que estaban con un ligero temblor, y me vio afirmar lentamente con la cabeza, confirmando que hablábamos de la misma persona.

–Seguro esto es de usted, la encontramos en el suelo hace dos días –me dice al tiempo que me entrega mi casaca negra que puse sobre los hombros de la muchacha de ojos tristes la primera noche que nos vimos; y luego continúa casi con resignación al verme marchar– Joven, no es la primera vez.

...

Vuelvo a mí ahora, y tomo conciencia de que estoy frente a frente con «el loquito», luego de oír su historia y que hoy sé, es verdadera.

–Sara –me dice. Lo miro solamente, y él continúa– Sara, en algún momento así dijo que e llamaba–.Se pone de pie y se va dejándome en compañía de mi desesperación y mi no saber qué hacer...

Recién ahora comprendo aquella sensación de mano helada que quema de la que me habló Guillermo... también yo tengo esa marca morada en mi hombro derecho justo donde ella me tocó. Es la marca de aquellos que «hemos sido tocados» y que alguna vez escuché contar en las delirantes historias de mi abuela en referencia de personas que han tenido contacto con los misterios que no tendrán una respuesta lógica jamás.

No viajé y decidí quedarme.

Ya van quince días desde que regresé a este bar en busca de la historia que ya había escuchado, pero que necesitaba oir nuevamente. He venido todas las noches, pero no he vuelto a ver a Guillermo.

La verdad es que he venido aquí porque tengo miedo de encontrarme por allí, en algún lugar, a la muchacha de ojos tristes «que no era de esta, sino de la otra». Creo que este es el único lugar seguro. Afuera realmente no tengo nada, creo que me quedaré…

...

Sara Ríos era una hermosa chica de veinte años que una extraña mañana apareció muerta cerca al tanque de agua del hospital de mi ciudad.

Yo era muy niño y casi no tengo recuerdo de esa noticia; sólo sé que cada cierto tiempo aparece alguien contando la misma historia de la chica con el abrigo y la copa de vino y el esqueleto que nunca vi, y la marca, siempre la marca, en el cuello, la cara, las manos... y todos llegan a este bar en el que estoy ahora, a matarse o morirse de viejos, recordando su bello rostro, sus ojos profundos como el infinito, su perfume a jazmines en verano y su aliento de otra vida.

Huaraz, diciembre de 1999.

«Si hubieras estado sola...»

Aquel había sido un día extraño, bastante extraño diría yo; el cielo amaneció denso y cubierto de neblina, como cuando en la noche del 24 de junio se queman muñecos de ropa vieja y rellenos de paja o se encienden extensos campos de ichu en honor a San Juan, y la mañana del día 25 todo el humo de la noche anterior hace que el sol se vea tan amarillo y tan lejano que pareciera no ser el sol de todos los días, sino otro, de otro mundo, que solo transmite tristeza, nostalgia y recuerdos de otros tiempos mejores que ya se han ido.

Todos los habitantes del pequeño pueblo habían despertado de muy mal humor y, desde muy temprano, se habían visto y oído varias peleas entre amigos y familiares, ya sea en las casas o en los negocios. Solamente doña Tomaida, la señora más anciana, de una cabellera totalmente blanca y gorro de lana, les comentó a sus nietas:

—El maligno debe estar cerca— pero las pequeñas niñas solamente se burlaron de ella y siguieron jugando a la *gallinita ciega*.

—Ya está *chacualita* la abuelita, ¿no? —Dijo la menor, que estaba en pleno cambio de dientes.

—¡Ja ja ja! —rieron casi sin hacer ruido.

—O ya le falla su *peka,* ja ja... —fue la respuesta de la hermanita mayor que, siendo niña aun, comenzaba a florecer a una adolescencia primaveral.

La tarde fue más monótona que de costumbre y, al llegar la noche, lo hizo con una tormenta como las que no se veía hace más de treinta años.

—Mal presagio —dijo doña Tomaida, despertando ante el fuerte sonido de un trueno.

Sin embargo, solo encontró como respuesta la burla de sus nietas, quienes creían que la demencia senil ya había hecho presa a la abuela desde hace mucho tiempo, sin saber que no solo era la persona más vieja del pueblo sino también la más juiciosa.

La noche avanzaba y poco a poco la oscuridad se iba apoderando del pequeño pueblito, hasta que solamente quedó una luz encendida; era una casa común y corriente, como todas las demás en la que habitaba una familia común: padre, madre y tres hijos varones. El mayor pasando los veintes, el mediano adolescente en cambio de voz y un niño de cinco años al cual aún no habían bautizado. La madre era ama de casa y por las noches ayudaba a la economía de su hogar haciendo trabajos de costura y manualidades hasta altas horas de la madrugada.

El silencio de la noche era interrumpido por el sonido de la máquina de coser y el traqueteo de las gotas de lluvia en la calamina. El esposo y los hijos menores descansaban ya hacía varias horas y ella estaba pendiente de la llegada de su hijo mayor para servirle la comida.

Dos horas después ladró el perro y sonó la puerta. Su hijo llegó empapado y se fue directamente a su cuarto, cerró la puerta y apagó la luz. Minutos después se oyó que roncaba plácidamente.

«Este cholo, seguro ha estado tomando, o con la *cholita esa*, pero mientras siga estudiando y no me venga con sus novedades… no hay problema» se dijo en voz baja. Luego se dedicó a coser a mano, puntada por puntada, esforzando al máximo sus cansados ojos grises mientras el «tac tac tac» en el techo se iba haciendo costumbre en sus oídos.

Cuando terminó su labor guardó sus cosas y se disponía a irse a dormir, cuando oyó de pronto los ladridos desesperados de Bobby, el perro *chusco* negro que habían rescatado de una muerte segura en el río hace algunas semanas, y que durante las noches permanecía amarrado en la parte techada del patio donde se protegía el *batán*, se guardaban cosas en desuso y vivían los animales domésticos como cuyes y conejos.

Miró el reloj. Este marcaba las 13:03, ya que nunca habían podido programar bien uno de los primeros relojes digitales de 24 horas que llegaron a la tienda del viudo Poma, y, por el contrario, toda la familia había terminado adaptando su ritmo de vida a lo que el artefacto señalaba.

Se levantaban a las 18:30 horas y almorzaban a las 00:30. La tarde era mucho más sencilla, pero cuando de manera interdiaria la costurera se quedaba a trabajar de noche, se había hecho la promesa de no sobrepasar la una de la madrugada. Así que estaba casi en lo que tenía previsto: 13:03.

Segundos después, el perro comenzó a chillar como si le estuvieran dando una paliza, y entonces se oyó un sordo «¡toc toc!» en la vieja madera de la gruesa puerta. Al comienzo, ella creyó que solamente le había parecido escucharlo y no prestó más atención, pero luego los golpes se hicieron más fuertes e insistentes, así que muy preocupada fue a abrir, cubriéndose la cabeza con su grueso pañolón marrón. «De repente es una emergencia» pensó.

Algo de angustia asaltó su estómago y se quedó un buen rato de pie y en silencio frente a la puerta. Por fin, respiró profundamente y abrió, al tiempo que un relámpago le permitió ver la silueta de un hombre de poncho de lana, botas y sombrero. La lluvia caía inexorable y el agua comenzaba a filtrarse por el piso de tierra cercano a la puerta abierta.

—Madrecita, paisana, ya es muy tarde y la lluvia no pasa y mi bulto se está mojando, por favor, *guárdamelo mi costal* hasta mañana no más. Yo mismo voy a venir a recogerlo —dijo el hombre, al tiempo que le entregaba un pesado costal de rafia negra.

La costurera, sorprendida, lo recibió en silencio y trató de mirar la cara al extraño personaje, pero no lo logró porque la oscuridad de la noche y el ala del sombrero se lo impidieron. Además, el misterioso personaje abandonó el lugar inmediatamente. Ella colocó el costal cerca de la puerta y se fue a dormir creyendo que hacía una buena acción.

Durante el resto de la noche extraños sueños la mantuvieron dando vueltas y vueltas en su cama, donde el marido dormía tan profundamente que no la oía.

Soñaba que estaba en las chacras en las que creció, de pronto muchos de sus seres queridos se reunían con ella y entonces era feliz, luego, ellos se marchaban, y cuando quería seguirlos, recordaba que quienes estaban a su lado habían muerto hace mucho tiempo, ellos se marchaban y la dejaban llorando, llorando, llorando... de pronto despertó, tenía lágrimas en los ojos y sintió que le faltaba aire, cerró los ojos y en su interior apareció el hombre de poncho y sombrero. Luego no pudo volver a dormir.

Al día siguiente, su esposo e hijos se marcharon muy temprano y no le permitieron compartir con ellos sus sueños ni sus angustias. Se quedó sola con el niño pequeño y trató de olvidar lo sucedido, pero no pudo. A cada momento recordaba lo que había soñado y la imagen del hombre misterioso.

Se había cortado levemente cocinando, envió la falda de la vecina a la casa del alcalde y el saco de este a la viuda vecina suya y hasta le dio almuerzo dos veces a su hijito.

Estaba totalmente distraída, ida, atontada y hasta algo de temor comenzó a subirle desde los pies hasta la cabeza cada vez que pensaba en el extraño bulto que había quedado cerca del zaguán.

Pero la vida siguió, y el día avanzó. Al caer la tarde la familia se reunió a la hora de la comida. La noche, a diferencia de la anterior, era tranquila y tibia y hasta parecía que la luna asomaría, pero a medida que corrían las horas, negros nubarrones invadieron el cielo serrano, el viento sopló con fuerza y se desató una ténue garúa; de pronto las luces de todo el pueblo se apagaron y las tinieblas fueron totales.

—Hay que rezar el rosario —dijo doña Tomaida— siento la misma angustia que esa noche que desapareció el Manuelito, tu hermano.

La madre de las niñas trató de disimular la situación, pero ya las niñas mostraban avidez por conocer los detalles:

–¿Qué mami? ¿Tenías un hermano? –preguntaron las nietecitas de doña Tomaida.

–No le hagan caso a tu abuelita, está viejita ya –respondió su madre.

–Cuéntales, ya tienen edad como para entender –expresó la viejecita.

–Ya pasaron más de treinta años de eso –dijo la madre de las niñas al tiempo que encendía un *chiuchi,* es decir, una lámpara artesanal hecha de un frasco con aceite.

–Que me traigan mi rosario, está sobre mi mesita de noche –respondió doña Tomaida– al lado de mi San Jerónimo.

Mientras tanto, en casa de la costurera, esta recordó que en el costal que le encargaron la noche anterior parecía haber velas y mandó a uno de sus hijos al tiempo que le contaba a la familia que la madrugada anterior había recibido ese paquete, ante la molestia de su esposo por haber abierto la puerta tan tarde y mucho más si se trataba de un desconocido.

–¿A esa hora cómo vas a abrir? Cualquier cosa te podía haber pasado y nosotros durmiendo –le dijo con el ceño fruncido.

De pronto un grito desesperado cortó de golpe la conversación y el hijo adolescente regresó corriendo dando alaridos desesperados diciendo que en el costal había huesos solamente y, al parecer, humanos. Luego de la revisión con más luz y paciencia, pudieron confirmar que efectivamente se trataba de los huesos de una persona, ya que hasta el cráneo estaba intacto.

De manera inmediata, el hijo mayor fue a avisar al padre Washi, que a esa hora estaba rezando apenas alumbrado por una vela, mientras comía su *papa cashqui* de todos los días. Era un viejo franciscano proveniente de la selva, que había llegado hacía más de treinta años debido a un error en la notificación del correo postal de la época.

Había llegado a reemplazar al famoso padre Guimaray, quien había sido expulsado sobre un burro por los hombres del pueblo, y al irse había acuñado la célebre frase «Me despido de este pueblo y sus muros, y su noventa por ciento de cachudos».

El padre Washington Eleazar Rengifo Panduro, se había acostumbrado a esta tierra, a la paz del pueblo, al mejor paisaje del mundo, rodeado de cumbres nevadas blancas y cerros azules y verdes, en los cuales la abundancia de agua y buen clima favorecían para una excelente producción de maíz, papa, cebada, trigo, oca y otros. Su cielo era el más azul que hubiera imaginado jamás.

El sol brillaba radiante durante todos los días del año y por la tarde, hasta quemar. Comenzaban los vientos que venían de las riberas de un río de aguas diáfanas que recorría de sur a norte desde una laguna hasta el Pacífico.

La zona donde estaba su maltrecha iglesia era conocida como *Alaláj Belén* por el frío que corría al terminar la tarde y se extendía hasta el amanecer. No podía pedir más, aunado a ello el reto de levantar una verdadera iglesia en dicho barrio donde lo que había era una pequeñísima capillita de madera, «temporal» que llevaba así muchos años desde después del gran terremoto que azoló esta tierra, décadas atrás.

El padre, apenas vio los ojos desesperados del jovencito a quien había visto nacer y escuchó la historia, supo y recordó que se trataba de algo realmente serio, así que, dejando su sopa a medio terminar, sin pensarlo dos veces, linterna en mano salió corriendo rumbo a la casa de la costurera, al tiempo que el cielo se desplomaba convertido en un fuerte aguacero de enero.

La costurera, al borde de un ataque de nervios, le contó al padre Washi sobre su experiencia la noche anterior, sobre el extraño y misterioso hombre que nunca se presentó ni dejó que se le viera para saber su identidad, sobre el macabro encargo recibido que aún yacía en el piso del zaguán, cercano a la puerta de entrada.

—Otra vez, ¡carajo! —expresó con energía juvenil el septuagenario vestido con sotana franciscana y cordón blanco, llamando la admiración y asombro de los presentes—. Ahorita mismo tienen que buscar a todos los niños menores de doce años que puedan —les ordenó al esposo e hijos de la costurera—. Pero corriendo hijos, no tenemos toda la vida.

El esposo y el hijo mayor salieron corriendo, uno a buscar a los vecinos y familiares, mientras que el hijo mediano se había quedado con su madre, quien por momentos parecía desmayar y no paraba de llorar, a pesar de que le hacían oler alcohol y le frotaban la cabeza con timolina.

—Mejor prepárale agua de manzanilla, o mejor corre a buscar *muña* en tu huerta. Seguro le va a doler *su* barriga —dijo doña Tomaida.

La anciana vivía al lado de la casa de la costurera y se hacía presente luego de escuchar el alboroto, entrando en la casa con su hija y apoyada en los brazos de sus nietas. Se sentó al lado de la mujer, la abrazó y ordenó a su séquito que prendan las ceras que habían llevado consigo.

—Esta vez no me gana, padre —dijo tratando de ubicar en medio de su limitada visión la presencia del sacerdote, como cuando un animal otea el aire tratando de guiarse.

—Esta vez no nos gana, doña Toma, una sola vez patea el burro —respondió el franciscano—. Voy por mis cosas y ya regreso —dijo mientras salía a paso de trote cubriéndose la cabeza con su capucha, al tiempo que la mangada se hacía más intensa.

El pequeño cuartito en la trastienda de la iglesia se le hizo muy lejano, ya sea porque no avanzaba por el peso de sus viejos zapatos de cuero mojados o porque en su memoria había comenzado a repasar las imágenes de esa aciaga historia de hace más de treinta años. «Manuel, Manuelcha, Mañuquito, carajo» se dijo sin hablar.

Llegó al pobre cuartito y encontró su sopa sin terminar sobre el escritorio lleno de papeles, un tablero de ajedrez, fotografías y ungüentos para frotarse el pecho antes de dormir, ya sea para aliviar los bronquios o para espantar a los zancudos, la vieja lamparita y, por fin, los espejuelos que había ido a buscar.

Luego sacó del armario de madera un viejo maletín que más bien parecía accesorio de un médico y allí introdujo un crucifijo, una estola, la biblia y una botella de agua bendita. Envuelta en plástico tenía una casulla recién lavada y también cargó con esta.

Llegaron a reunir siete niños y niñas menores de doce años, quienes acompañados por algunas madres o hermanos mayores encendieron velas y, bajo la dirección del padre Washi, comenzaron a rezar y cantar alabanzas a Dios, mientras algunas adultas pasaban anís caliente y roscas elaboradas en algún horno cercano.

La oscuridad envolvía a todo el pueblo haciendo que los más viejos evoquen esa aciaga noche penumbrosa de hace treinta y tres años.

Aquella misma noche de lluvia inclemente en que doña Tomaida recordaba haber devuelto un raro encargo recibido la noche anterior, mientras se había quedado hasta la madrugada con la luz prendida tratando de curar a su pequeño hijo de un cólico estomacal que no cedía. Esa noche en la que permitió que un extraño ingresase a su casa.

Ya de regreso a la casa, el sacerdote dijo:

—Vamos a echar agua bendita a la casa.

El cura a esa hora se veía más colorado que de costumbre, tal vez por la iluminación de las velas en medio de la penumbra, donde destacaba su plateado cabello con las orejas al rojo vivo y un leve temblor en las manos.

La noche avanzaba entre los «*Salve salve cantaba María*», «*Oh, señor, ten piedad*» o «*Pescador de hombres*», rezos de Padre Nuestros, Credos o Ave Marías, y cada hora el padre Washi pedía silencio y comenzaba a viva voz con la Oración al Arcángel Miguel compuesta por el Papa León XIII:

—«*¡San Miguel Arcángel, defiéndenos en el combate contra las maldades e insidias del demonio! Sé nuestra ayuda, te rogamos suplicantes. ¡Que el Señor nos lo conceda! Y tú, príncipe de las milicias celestiales, con el poder que te viene de Dios arroja en el infierno a*

Satanás y a los otros espíritus malignos que ambulan por el mundo para la perdición de las almas. Oh Dios Padre Nuestro Señor Jesucristo, invocamos tu Santo Nombre, e imploramos insistentemente tu clemencia para que por la intercesión de María inmaculada siempre Virgen, nuestra Madre, y del glorioso san Miguel Arcángel, te dignes auxiliarnos contra Satán y todos los otros espíritus inmundos que recorren la tierra para dañar al género humano y perder las almas. Amén».

—Amén —respondían con fuerza niños y viejos al unísono.

Sin proponérselo se había formado un grupo de mujeres mayores encabezadas por doña Tomaida, acompañada por parientes y amistades de la costurera, entre ellas doña Sinforosa, doña Consuelo y doña Chamé. Ellas, de rodillas y cubiertas con oscuras mantillas, rezaban sin pausa apretando fuerte con las artríticas manos los viejos rosarios de madera, metal, o semillas.

El llanto del niño en el dormitorio interrumpía de rato en rato el sonido monótono y gutural de los rezos y salmos.

—*¡Ma!,* no sé qué cosa tiene tu hijo, ah. Llora desesperado y no quiere *tomárselo* su leche —le dijo el hijo adolescente a la costurera, que en ese rato llevaba *pancito* a las señoras que rezaban.

—Abrígale bien *su* barriga, de repente le ha pasado frío —respondió la compungida mujer, y el muchacho se fue molesto de su suerte por tener que cuidar al hermanito que no cesaba el llanto a pesar de todos sus esfuerzos.

Cercana la media noche, varios de los niños comenzaron a tener sueño y un par de ellos se quedaron dormidos en el envejecido sillón marrón acomodado en una esquina de la sala.

De pronto, los perros de la lejanía comenzaron a ladrar y este sonido se hacía más cercano, pero cuando más nítido era el sonido, los ladridos comenzaron a cambiar a desesperados aullidos que herían el silencio de la nocturnidad.

El hijo mayor tenía al perro amarrado a una soga que sostenía con fuerza con su mano derecha. El can estaba muy inquieto, pero no ladraba ni aullaba a pesar del ruido que provenía de las afueras, solo oteaba constantemente el aire y movía las orejas como queriendo identificar algún sonido en particular.

Sin previo aviso y ante la sorpresa de todos los presentes, doña Tomaida, se puso en pie y con la mantilla comenzó a dar fallidos golpes al aire y decía:

—Hay una *quenresh,* como esa noche *del* Manuelito. Ayúdenme a matarla. —Entonces se escuchó claramente el *ttzzzzzzz* de una enorme *queresa* o mosca azul de cementerio, que ahora volaba sobre la cabeza de los niños que dormían.

Los intentos por aplastarla fueron en vano. Varias mujeres y niños lo intentaron con cartones o su propia ropa, pero la mosca los esquivó y se fue volando al patio.

—¡*Malaya* sea! Otra vez, que no se nos escape, como en aquel año —exclamó la viejita, al tiempo que se dirigía al patio apenas caminando sola mientras la adelantaban varios niños con cartones y trapos.

Pero de manera increíble iba a ser Bobby que, logrando escapar de la soga, corrió tras la mosca y la atrapó entre sus dientes. Los niños celebraron la acción y doña Tomaida respiró aliviada.

—Nunca dejen a la *queresa* volar libremente en sus casas, es de mal agüero —dijo y regresó rápidamente a su rezo.

Fue en ese instante que el perro comenzó a ladrar con fuerza, pero cuando se oyeron los golpes en la puerta se fue corriendo al patio y se refugió en su improvisado lecho de cartones, paja y pellejos de carnero.

Eran las 13:03 en el reloj mal programado.

...

De pronto el padre Washi tuvo un recuerdo fugaz que le dio un ligero mareo y le hizo trastabillar un par de pasos. Hace treinta y tres años se acomodaba para pasar su primera noche en este pueblo y ya se disponía a volver a dormir en el austero catre de fierro en su cuartito después de haber terminado su rosario de la media noche, cuando se oyeron fuertes golpes en su puerta y salió alumbrándose con su linterna, pues entonces no había aún energía eléctrica en el pueblo, y se topó con una niña de doce años, hoy madre de las niñas del inicio de esta historia, quien le pedía poder ir a su casa porque su mamá estaba desesperada y solo atinaba a decir: «Llamen al padre nuevo, él sabrá qué hacer».

El padre cubrió a la niña de pies a cabeza con un plástico transparente, pues la lluvia era intensa, menuda pero copiosa. Se puso un impermeable de selva y se dirigió a la casa de doña Tomaida, tomando de la mano a la pequeña.

Llegaron a la casa y todo era llanto y desesperación. Doña Tomaida, al borde de un desmayo, contaba la historia de un hombre que dejó el costal la noche anterior y que aquella noche había regresado y se había metido hasta el cuarto donde estaba su pequeño hijo y lo había sacado a la fuerza y que ella sólo había oído luego los cascos de un caballo en el que seguro se lo habían llevado, no sin antes dejar un intenso olor a azufre en cada sitio donde pisó el desconocido.

—Por eso le he llamado, padre. No lo conozco a usted, sé que ha llegado hoy, pero estoy segura que sabrá qué debemos hacer. No era un hombre normal, no era de este mundo, padre, yo creo que ha sido el maligno.

No pudieron hacer mucho más. El padre organizó rezos, bendición a toda la casa, lectura de extraños y misteriosos libros que sacó del fondo de su baúl, pero todo fue en vano; no solo para tratar de encontrar al niño sino para intentar dar paz a la familia.

Por su parte, los hombres del lugar se habían organizado en grupos y salieron a caballo y con perros por los dos únicos caminos que salían del pueblo; pero cuando regresaron al día siguiente lo único que pudieron contar algunos fue una cabalgata extraña.

—Era como si flotáramos, y por momentos no sabíamos a dónde íbamos ni qué buscábamos, solo le dábamos fuetazos a los mulos y caballos y corríamos desesperados, hasta que el sol empezó a aclarar y recién reaccionamos, muy lejos de aquí y no habíamos visto nada, porque no sabíamos ni qué buscábamos al final— se lamentaban.

—Nosotros encontramos el rastro rápido por el fuerte olor a *pichi de bestia*. Los perros siguieron el rastro con desesperación y en algún momento tuvimos esperanza de encontrar algo, pero era solo un burro viejo. Después, de un rato a otro, el rastro despareció y los perros regresaron corriendo, desesperados incluso antes que nosotros —decían otros, también con ánimo compungido.

Era tan nítido el recuerdo y los relatos de los hombres de hace más de tres décadas, que el cura pensó que todo habría ocurrido ayer; pero entonces unos golpes más fuertes en la puerta lo hicieron regresar a ese momento en que la costurera le hablaba.

—¿Qué hacemos, padre? —Preguntaba la pobre mujer. El sacerdote ordenó con señales que todos debían permanecer en silencio y en la sala de la casa. Luego llamó a la mujer y la llevó de la mano por el zaguán. El perro comenzó a gruñir entre dientes.

—Muy bien *allkucha*, hoy te necesito más valiente que nunca en tu vida —le dijo— hazlo por tu dueña que te ha rescatado de una muerte segura.

Después le dijo a la costurera:

—Vas a salir y abrir la puerta.

—No, padre… tengo miedo —dijo la señora, mientras se mordía las uñas.

—Tranquila, hija. Nosotros estaremos atrás —y se fue, retrocediendo lentamente.

La mujer no dejaba de temblar y un sudor frio recorría su frente y su espalda.

—Santo, santo, misericordia, Señor —se decía en voz baja mientras su temblorosa mano se acercaba a la tranca de la puerta que a esa hora estaba muy bien *capchada*.

Abrió la puerta y ahí estaba el hombre, pero esta vez sí, al fulgor de una ténue luna nueva, dejando al descubierto su rostro de ojos pardos, pequeños pero brillantes como dos pequeñas brasas antes de apagarse, pero chispeantes de odio y maldad; la piel trigueña y cuarteada por el sol y el frío de los andes y un poblado bigote cano. El sombrero siempre colocado como de costado en la hirsuta cabellera. Poncho y botas, como en la noche anterior.

La costurera percibió el olor a *pichi de bestia*, cuando el hombre le empezó a hablar:

—Madrecita, he venido por mi costal, como te dije anoche. Seguro está más adentro en tu zaguán. Si quieres, yo mismo lo saco de adentro… —decía mientras ponía la bota izquierda dentro de la casa y con el peso de su cuerpo comenzaba a internarse ante la nula reacción de la mujer.

Fue entonces que de pronto se vio interrumpido por un coro de niños que salían con las velas encendidas y el padre Washi flanqueado por las ancianas con incienso tipo procesión, rezando y exclamando la oración a San Miguel.

También en ese mismo instante el perro negro salió corriendo a morder la pierna del hombre, pero fue recibido con un fuerte puntapié; sin embargo, a pesar del dolor, se levantó y siguió ladrando y tratando de acercársele a morderlo.

—Padre Washi, ¿no? Ya sabía de ti y en algún momento voy a regresar para arreglar cuentas contigo. Tú no debías estar acá, debías haberte quedado en la montaña comiendo plátanos y yuca —dijo el hombre, pero se vio interrumpido por un grito.

—¡Es el mismo hombre, padre! El mismo de esa noche —dijo sollozando la anciana doña Tomaida—. Pero está igualito, a pesar de que han pasado treinta y tres años.

—Tomaidita… cómo *te* has envejecido —dijo el hombre.

—*... y del glorioso san Miguel arcángel, te dignes auxiliarnos contra Satán y todos los otros espíritus inmundos que recorren la tierra para dañar al género humano y perder las almas...* —se escuchaba al padre Washi rezar con todas sus fuerzas y mostrar en el ato su crucifijo y echar agua bendita.

—¿Dónde está mi Manuelito? ¿Qué le has hecho? ¡Devuélvemelo! —se escuchó decir a doña Toma antes de caer sin sentido.

Fue entonces que salieron los varones que estaban en la casa, el esposo de la costurera, su hijo mayor y un primo y un vecino, y trataron de golpear con sus correas al misterioso hombre, pero era como si no lograran hacerlo.

Las cintas de cuero pasaban silbando en el aire, como atravesando su cuerpo y el hombre solamente se reía y los golpeaba fuete con su poncho y sus fuertes patadas. Hasta que el padre Washi, interrumpiendo su plegaria, les dijo.

—Agarren sus correas con la mano izquierda.

Así lo hicieron los dos que quedaban en pie y los golpes comenzaron a hacer mella en el cuerpo del extraño.

—¡Carajo! Ya me jodiste, hoy sí, Washi. *Ahura si*, ya te tengo marcado —dijo el hombre misterioso mientras comenzaba a retroceder—. Voy a volver por ti y a ver cómo nos va cuando no estés con toda esta gente, *so* mierda.

Luego buscó a la costurera con una mirada de odio, sus ojos parecían echar fuego y su voz se tornó grave y estruendosa. Fue entonces que le dijo:

—Si hubieras estado sola, me habría metido a tu casa y me habría llevado a tu hijo sin bautizar y no lo volverías a ver nunca más en la vida. Hoy has tenido suerte, pero este cura y este pueblo no se van a librar tan fácil de mí, los voy a joder más seguido.

Luego se dio la vuelta y comenzó a correr y, ante el asombro de todos, continuó la carrera una mula negra sin jinete, en cuya espalda reflejaba nítidamente los rayos de la luna que salía tímida. La lluvia cedía poco a poco y los perros comenzaron a ladrar con todas sus fuerzas.

Los niños salieron pasmados hasta mitad de la calle y entre ellos se miraban asombrados. Algunos con las manos en la boca, otros jalándose los cabellos y uno persignándose varias veces con toda rapidez.

Todavía sé que aquellos que aún viven, cuentan esta historia cada noche de tragos o fogatas previas a San Juan, ya sea a los incrédulos amigos o a los atónitos nietos que hoy llenos de modernidad y tecnología nunca pasarían por algo similar, pero que historias como estas les hacen volver a sus raíces, vivir sueños mágicos y creer en historias inexplicables que les pasaron a sus abuelos.

El padre Washi cayó de rodillas y comenzó un llanto incontenible, casi silente pero las abundantes lágrimas que corrían por sus sienes evidenciaban un dolor, amargura, frustración o tristeza tan profundas que hacía que un hombre de más de setenta años llorara como un niño que ha perdido lo más querido.

De pronto reaccionó, se enjugó las lágrimas, entregó el crucifijo a un monaguillo e intentó hablar. Pero la voz no salió de su garganta.

...

Todos NOS quedamos en silencio. Algunos miraban la mula cada vez más lejana, otros no perdían de vista al padre Washi ahora con las palmas de las manos en el barro; otros abrazaban a la costurera o atendían a doña Toma que poco a poco recobraba el sentido después de los minutos de desesperación que le habían quitado el aliento.

Pero en medio de todo, como una luz que ilumina un oscuro camino o como una fuerza invisible que hace que la esperanza y la calma renazcan, apareció de pronto el hijo de la costurera cargando a su hermanito pequeño que ya no lloraba y, por el contrario, reía mostrando los dientes de leche y una mirada de paz, jugando con un pequeño búho de madera que llevaba en la mano izquierda.

La costurera corrió a cargarlo y abrazarlo.

–¡Máximo!, mi *Macshi*, –le decía con cariño mientras lo abrazaba y le besaba los ojos– ya estamos a salvo. Nunca nadie te va a hacer daño, hijito lindo. Tu madre está aquí y si es necesario dar mi vida por mis hijos, así lo haré.

–El padre Washi, ahora con las manos en alto, agradecía a Dios por permitir que el niño esté con su familia, pero también afrontaba el dolor de haber podido hacer lo mismo la noche que llegó al pueblo.

Pero al ver a doña Tomaida, tan tranquila abrazada por sus nietas, comprendió que todo había valido la pena; sin embargo, rumió su rabia al entender que los años no le alcanzarían para poder peregrinar por los pueblos cercanos advirtiendo de la amenaza del *Supay* o enfrentándose a este.

...

En mi tierra se cuenta que cada cierto tiempo allí o en los pueblos cercanos, desaparece un niño no bautizado y que generalmente el maligno lo busca en las casas donde pasada la media noche aún hay actividad y luz.

También se cuenta de un viejo franciscano que comenzó a ir de pueblo en pueblo avisando de esta terrible situación. Se le veía con su vieja túnica marrón descolorida por el tiempo y su burra coja atravesando los caminos largos y solitarios de estos páramos.

Se dice que los años le quedaron cortos, pero también se sabe de niños que fueron salvados y hoy son adultos que aún recuerdan que alguien les habló del viejo padre Washi.

Jesús María, invierno de 2007.

«*Hasta tus ojos te hubiera sacado...*»

Cuenta la historia que el tres de julio de cada año, el pueblo conocido como *Numen del Alma*, se preparaba para una gran celebración; algunos paisanos bromeaban diciendo que era tan grande como la fiesta de San Jillucho, y otros se ufanaban de ser el único pueblo que tenía dos fiestas patronales en un solo trimestre, ya que la fiesta del santo patrón era el 30 de septiembre. Pompeyo Alegre organizaba una gran reunión en su casa para celebrar que tenía salud y vida; y vaya que tenía sus razones para hacerlo.

Don Pompeyo, como era conocido por sus coterráneos, organizaba emocionado y rebosante de alegría este singular acontecimiento. No se trataba de su cumpleaños, ni de ningún aniversario conocido para él o su familia, sino de una fecha secreta marcada por un misterioso suceso que solo él y sus más íntimos camaradas conocían, y que había dejado una huella tan profunda en su vida que se prometió que cada año, en esa misma fecha, celebraría por tener vida y salud, como si ese fuera el último de sus días en esta tierra.

Mandaba a *pishtar* cuatro toros. Se decía que desde el año anterior pactaba con los propietarios para llevar los mejores y mejor alimentados astados de los caseríos y anexos de Cárac, Bombón, Éspino y Matara. En el patio de su casa también se sacrificaban ocho carneros, cuatro chanchos y quince gallinas mientras acomodaban los costales de papa, maíz y oca para completar alimento suficiente para la noche de la víspera y el día central de la celebración, ya que se sabía que venía gente desde Huanchay y Pariacoto para disfrutar.

Don Pompeyo también mandaba a traer con razonable antelación dos cilindros de *caña de Paramonga, y* suficientes cajas de pisco *Vargas.* «Con su alcohol, todo en la vida va mejor» decía mientras descargaban los cilindros y las cajas en su tienda.

La música no podía faltar. La noche de la víspera, de manera incesante y rítmica, se escuchaba a la que habían denominado *Banda Carrizal,* un modesto grupo autóctono que con tinyas y roncadoras amenizaba las horas de frío, enfrentando la helada hasta que salía el primer lucero que anunciaba la cercanía del amanecer.

El día central, sin embargo, durante los doce años que duró esta celebración se había logrado contratar a la Banda Orquesta Santa Cecilia de Cátac, cuyos quince integrantes y sus respectivos instrumentos musicales hacían el largo camino de más de ocho horas en un *Expreso*, particular y contratado específicamente para la fecha.

A la única que no le agradaba la fecha era a doña Salustia Hinojosa, esposa de don Pompeyo, quien tenía que cargar con la verdadera tarea de sacar adelante esta celebración.

—¿Qué cosa seré yo, pues?, para estar todos los años mondando papas y pelando gallinas, para que *el señor* celebre algo que ni me quiere contar —les decía, mientras pelaba y picaba papas, a las mujeres que le ayudaban— ni borracho me ha querido decir.

—Ay, comadre. En estos asuntos, mejor ni preguntarles a estos. No nos vayan a salir con mentiras que les podemos creer o peor todavía con verdades que no queremos saber —le respondió una mujer de trenzas plateadas.

—Sí, tía, hay que darle gusto a mi tío, pero nosotras también hay que *celebrarnos*, ¡qué cosa! —dijo una joven soltera que usaba un sombrerito adornado con una flor, enseñándoles una botella de pisco en su *lliclla*. Todas se rieron de modo cómplice.

La mañana del tres de julio, don Pompeyo despertó con un fuerte dolor de cabeza y los estragos propios de una larga jornada de copas.

La noche anterior se había celebrado la víspera de esta fecha especial y misteriosa, y se había hecho con mucho baile, comida, caña y pisco; sin embargo, él y su cofradía habían aprovechado distintas oportunidades para ir escabulléndose de uno en uno rumbo a la trastienda de la casa donde había un espacio ideal como para jugar a las cartas, fumar cigarro Inca, algunos que eran más apegados a las tradiciones y costumbres también pudieron *chacchar* su coca, pero todos disfrutaron del *anís del mono* para superar la helada, conversar en voz baja pero con risas estridentes, y pudieron fabricar un momento más de complicidad y reafirmación de reserva de secretos propios y colectivos como lo hacían todos los años.

También los acompañó el joven Desiderio, quien era sobrino, primo, hijo, o nieto de alguien más presente en la reunión, ya que en este pueblo de valientes y amantes de la nocturnidad casi todos eran familiares, y si no lo eran, la amistad y el sentido de pertenecía e identidad hacía que todos se tratasen de primos y tíos, más que de paisanos.

Él tocaba su arpa con destreza y con su vozarrón de animal montaraz complacía las solicitudes musicales que cada uno de los presentes iba pidiendo por turnos y que surgían de lo más profundo de sus corazones, recuerdos o sueños aun no alcanzados. A pesar de su voz de toro, Desiderio interpretaba cada tema con mucha sensibilidad y melancolía, lo que hacía que algunos hasta *se* lloren.

Don Pompeyo alcanzó a recordar algo de lo conversado:

—Primo, cuenta ya del tres de julio, pues —dijo Columbo Alegre, dirigiéndose a Pompeyo y fue secundado por alguien más.

—Recién es temprano, eso se cuenta más tardecito, ya con un *anicito* encima —había respondido Pompeyo.

—Pero no nos vayas a cambiar la versión, como el año pasado, ah —dijo Pafundio Ardiles, despertando las carcajadas de los presentes.

«Cojudos», pensó Pompeyo, «¿cómo voy a cambiar de versión?» se decía, mientras echado panza arriba miraba las vigas marrones que cruzaban el techo de su cuarto. «Ni que hubiera inventado, ¡lo he vivido en carne propia, carajo!»

Luego se movió pesadamente a un lado de su cama donde le esperaba ya un vaso con agua y un sobrecito de sal de Andrews. Se acomodó de costado sobre su brazo izquierdo y con la otra mano preparó el antiácido y lo bebió rápido, como queriendo superar inmediatamente el momento y apurar el trago amargo y efervescente.

Después regresó al medio de la cama, colocó las almohadas amoldándolas a la parte posterior de su cráneo y, al no lograr la comodidad deseada, se apoyó sobre las manos al tiempo que gritaba: «¡Desayuno!».

Ya cómodo y sabiendo que pronto llegaría su alimento, sin prisa ni calma, se puso a recordar su adolescencia, aquella época lejana y tantas veces evocada en que conoció a la Alicha.

Ella andaría en sus catorce o quince abriles, en un sano despertar adolescente que se parecía a una flor cuando el botón prende y esta se abre. Tenía las mejillas coloradas y una belleza natural en la que resaltaba su sonrisa perturbadora, y se hablaba de su gran capacidad para interpretar huaynos y su especial gracia para bailar las chuscadas.

Él, maltón y llegando a la mayoría de edad con vocación para ir a realizar el servicio militar hasta la costa. Tenía ganada fama de *trompeador,* ya sea en el colegio o cuando se enfrentaban los adolescentes del barrio arriba con los del barrio abajo. Los que lo conocían bien sabían que era *huallpasua,* pero lo hacía por compartir palomilladas con la patota que hasta ahora lo acompañaba en las noches de *anís del mono.*

La primera vez que se vieron fue en Pucaquita, un pequeño claro cerca de un riachuelo donde las adolescentes en flor y las solteras de sombrero con flor, iban a lavar ropa, y de pronto aparecían los mozos. Se miraron y de pronto en él una especie de electricidad corrió por su pecho. «*Challán*» había pensado admirando su belleza, mientras fingía no verla y buscaba piedras planas para lanzar al agua.

Ella de verdad casi no se había percatado de la presencia del muchacho y, por el contrario, quería irse, ya que solo había ido a acompañar a una amiga que sí tenía sus propios intereses amorosos. Sin embargo, a los pocos minutos no pudo evitar fijarse en el muchacho delgado y alto que retaba a sus compañeros a ver quién lanzaba más lejos la piedra o que hablaba fuerte, como para que ella lo escuchara.

Luego vinieron más mañanas en Pucaquita, pero con una magia singular, como era todo allí: lenguaje silente, solamente corazones latiendo y las miradas cómplices que se cruzaban como rayos de ilusión. Ella lavaba la ropa lentamente mientras cantaba un huaynito alegre, él solo la miraba tratando de dialogar con los ojos, y luego, al regresar, él llevaba sudando, pero sin ayuda, el pesado balde con ropa lavada.

Retornaban entre silbidos, risas, murmullos y ligeros toques de manos que en las callecitas empedradas debajo de los árboles lo que hacía que sientan tibiamente el flechazo de cupido, y entonces se sonrojaban al mirarse, mientras sentían que en cada paso que daban el amor iba madurando firme y sin mayor estremecimiento.

Pocas semanas después, una tarde fueron a ver el atardecer en el mirador de Cuchicoto, a pocos minutos del pueblo. Era un atardecer bellísimo, emotivo, capaz de arrancar suspiros, meditación y lágrimas.

El sol de estar brillante tornaba su color un rojizo candela pintando de naranja y azul a todas las nubes y dejando ver a lo lejos la silueta del Pacífico. De pronto era como si cayera rápidamente y solo dejara ver un círculo color fuego ocultándose lentamente hasta desaparecer y dejar ese hermoso color y sensación de nostalgia que se conoce como *entre claro y oscuro.*

—Por eso dirán que Numen del Alma es un *Balconcito suspendido entre el mar y el cielo* —le dijo Pompeyo, mientras decididamente acariciaba el cabello de Alejandrina.

—Mi mamita siempre me hablaba de las tardes carmín al ocultarse el sol desde Cuchicoto —respondió ella maravillada mirando cómo aparecía y se iban los últimos destellos del crepúsculo.

Él la besó y por primera vez en su vida fue feliz. No había nada más en su vida que este sublime momento tantas veces deseado.

Ella se levantó y se fue corriendo, lento, como para que él la pueda alcanzar sin problemas.

—Ya está oscureciendo, mejor vamos ya —le dijo mientras emprendía la bajadita rumbo a su casa.

...

De pronto sus pensamientos se vieron interrumpidos por la estruendosa explosión de una avellana que anunciaba que las celebraciones continuaban. Era el día central en que debía celebrar un año más por estar en este mundo, o al menos de poder verlo con sus propios ojos.

Sabía que debía levantarse y mirar cómo estaría todo el desorden después de que decenas o hasta cientos de personas celebraran la víspera entre canto, baile y licor. Botellas rotas, borrachos en el patio, platos sucios por todos lados, y los perros hambrientos del barrio aprovechando la circunstancia para llevarse huesos y restos de comida que abundaba por doquier.

Pero, sobre todo, era encontrar a Salustia Hinojosa con su cantaleta de todos los años, cansada de organizar la comida para tanta gente, muchas de la cuales ni siquiera conocía, tener que hacer el caldo de gallina, mantener caliente la carne, sancochar la papa y tener listo el choclo y el ají; que tenía que limpiar antes y después toda la casa y la calle y seguro hasta el parque del pueblo, y además ya le dolía la espalda, y sus manos estaban cuarteadas, y que además…

Pensando en todo ello, don Pompeyo optó por no salir de su cuarto y más bien siguió recordando aquella época lejana que luego tendría directa relación con lo que le pasara aquel tres de julio tan misterioso.

…

Tuvieron un tierno romance de juventud que duraría más de tres años. Él había renunciado a su idea de servir a la patria como soldado, y más bien se había dedicado a la agricultura con su padre en su chacra llamada Cullash, ubicada a media hora a caballo y donde cultivaban tubérculos y algunas hortalizas, además de criar ganado y aves de corral para el consumo familiar o para el intercambio con los pueblos de la costa, en los que canjeaban sus carneros, gallinas, cuyes o cabras por arroz, azúcar, fideos y aceite cada vez que iban hasta Pariacoto o incluso como lo hicieron aquella vez que Pompeyo llegó hasta Casma y pudo conocer el mar.

Alejandrina terminó el colegio sin pena ni gloria. No había mayores planes en su vida que seguir ayudando a su madre con la crianza de los hermanos menores, atender a su padre y a sus hermanos mayores, lavar ropa y bordar por las tardes mientras esperaba a Pompeyo pasar cerca de su casa y silbar como el *tuctupillín* para que ella se escape a verlo un rato en el campo.

Él llegaba montado en una panzona burra gris y acompañado de su perro *Truquito*, con el sombrero lleno de polvo, hambriento, pero con el ánimo al tope porque cada día que pasaba era un día menos para que Alicha cumpliera la mayoría de edad y se fueran a vivir a Cullash, quiera o no el padre de ella.

Sin embargo, cuando se acercaba esa fecha y de una manera casi imperceptible al inicio, y más clara después, Alejandrina fue cambiando. No solo con él sino también en su casa, con su familia y amigos. Se había vuelto desobediente y respondona, decía que estaba cansada de trabajar en la casa día y noche y que su vida no tenga mayor esperanza que esperar que un campesino *se la robe* al día siguiente que cumpliera dieciocho años.

Peleaba todo el tiempo con su madre y le respondía de manera grosera, le había arañado la cara a uno de sus hermanos, se había alejado totalmente de las amigas con las que iba a recoger agua de *el chorro* a quienes echaba molesta cada vez que venían a buscarla.

Con él se volvió fría como el hielo. Ya no salía cuando le silbaba y más bien lo ignoraba cuando lo veía rondar cerca, o se escondía deliberadamente como para que lo notaran todos. Algunas veces acudía a sus llamados, pero al estar juntos era como si no se conocieran, la indiferencia y la *cara larga* se había convertido en rasgo característico de sus encuentros.

Pompeyo se preguntaba con el corazón en llagas qué ocurría, pero nunca encontró una respuesta que le diera tranquilidad en sus febriles noches de desasosiego que se las pasaba en vela echado sobre la paja del trigo recién segado, observando el mar infinito de estrellas azules y amarillas.

Decidió insistir y no perder la calma. Los mayores decían que había que tener mucho cuidado y paciencia con las mujeres, especialmente si has sido su primer hombre y contigo ha conocido los sabores agrios y agradables que tiene la vida, y tú ya estás planeando robártela de su casa y llevártela a tu chacra a que te cocine, te cuide, críe a tus hijos y además la lleves también a ayudar en la cosecha. «Ya se le va a pasar, seguro» pensaba cada vez que se cansaba de silbar detrás del árbol de eucalipto cercano a la *pirca* de la chacra de Alejandrina.

Pasaron las semanas y meses. Así llegó septiembre y con dicho mes la fiesta del Patrón San Jerónimo, el santo nacido en Estridón, actual territorio de Croacia y que tradujera la biblia al latín en al siglo IV de nuestra era cristiana y que nadie había sabido explicar cómo llegó a ser santo Patrón de *Numen del Alma*.

Pompeyo se esforzó en pasar buenos momentos con Alejandrina; pero ese amor estaba ya quebrado, como cuando la más delicada copa de cristal cae al piso y ni siquiera alcanzas a ver hasta dónde salieron despedidas las más pequeñas astillas.

Él trataba de pegar cada pedacito suelto, evocando la vez que se conocieron en el riachuelo, sus caminatas por las bucólicas callecitas empedradas mientras él cargaba la ropa, sus atardeceres violetas viendo el mar devorarse al sol, de cuando por primera vez fueron animales en celo sueltos de sus corrales, sobre el poncho de él, allá en el bosquecito a las afueras del pueblo sin testigos más que sus propios cuerpos encendidos y una conexión emocional tan profunda que habría permitido tocarse el alma con las manos.

Ella indiferente, bailando chuscadas hasta cansarse, con todo aquel que se le acercara. Sudaba casi invisibles gotas en su cara, debajo de sus ojos y detrás del cuello. El olor de su axila denotaba un derroche de energía como queriendo agotar todas sus fuerzas y caer rendida para no tener que pensar más y olvidarse de Pompeyo para siempre.

Pero su energía juvenil le permitía seguir moviéndose, zapateando y buscándolo con la mirada, pero no para saber si estaba ya cerca de ella sino para evitarlo y escaparse de su presencia que amaba con locura, pero que, por alguna extraña razón, ya no quería a su lado. Después, ella se fue de la fiesta a escondidas y desde entonces no se volvieron a ver.

Pompeyo se marchó del pueblo semanas después. Su tío Manuel Cordero le había conseguido una irrenunciable oportunidad de trabajo en la capital del departamento: sería guardián del almacén de una obra que comenzaba a construirse y tendría la opción de estudiar paralelamente en la Escuela Normal de Educación y convertirse en maestro de escuela.

Viendo cómo estaba su historia con *la* Alicha, el joven decidió marcharse con la promesa a sí mismo de regresar a intentar reconquistar el amor de la chiquilla amada, al parecer tan confundida y que necesitaría tiempo para aclarar sus dudas y encontrar las respuestas necesarias.

Ella lo vio marcharse en el desgastado camión Volvo de color azul que cada semana atravesaba las estribaciones andinas hasta más de cuatro mil metros sobre el nivel del mar y conectaba a *Numen del Alma,* con el resto de la provincia y del mundo.

Él, pálido pero sereno, se iba llevando algunos costales de cebada, papa, queso y miel para el tío Manuel, y una vieja maleta azul seguramente prestada, con alguna muda de ropa, pero, sobre todo, llena de ilusiones y esperanzas, tanto para la nueva aventura que emprendía, como para aquel deseo recóndito de volver algún día.

Sin embargo, en lo más profundo de sus pensamientos sabía bien que se iba más por rabia y desesperación que por alcanzar un futuro diferente, ya que habría sido muy feliz en su chacra, con ella, sembrando y cosechando trigo, papa y hortalizas y criando ganado y aves de corral; sus padres seguramente le darían un terreno y él, con sus propias manos y la ayuda de los amigos de toda la vida, habría levantado su casita, como lo había planeado tantas veces con su *warmi,* cuando ella esperaba cumplir su mayoría de edad y la vida les regalaba felicidad. Todo eso ya no estaba.

Pompeyo, que estaba en la canastilla del vehículo, es decir, sobre la cabina del conductor, miró a los cuatro costados con la esperanza de encontrarla y, si ella le hacía una señal o su mirada se lo pedía, estaba preparado para saltar y cambiar su destino inmediatamente y quedarse a su lado, en su tierra, en su querencia, y recomenzar juntos una nueva vida olvidando los malos momentos y las dudas que seguramente habrían asaltado los pensamientos de ella en estos tiempos.

Sin embargo, no la vio, y el camión inició su marcha. Una marcha que tal vez no tendría regreso, y de tenerlo sería para una vida completamente diferente.

Lo cierto es que ella, alejada y escondida detrás de una pirca observaba como el camión, se fue alejando poco a poco del pueblo, dejando una tupida polvareda que luego se desvanecía lentamente, como la historia de su amor frustrado.

Vio al vehículo alejarse lentamente y distinguirse cada vez más pequeño a medida que subía al cerro Castilla y, cuando dio la curva definitiva que haría que se le pierda de vista al entrar *al serpentín de Porfirio Valverde*, Alejandrina corrió desesperadamente hacia Pucaquita a llorar su triste soledad y reafirmar su decisión y el amargo destino que había elegido: quedarse sin él, pero al mismo tiempo sin ella cuando era feliz mientras él estaba a su lado.

Pero como el tiempo es inexorable y la vida sigue y sigue sin que nadie pueda detener su marcha, las semanas, meses y años pasaron.

Pompeyo había llegado a casa del tío Manuel y se acomodó en un cuartito compartido con un primo suyo, se bañó por primera vez bajo una ducha con agua caliente y mientras disfrutaba del golpe de agua ligero y acariciante en su cabeza y espalda, se quedó pensando una vez más en ella, y de manera inconsciente derramó un par de lágrimas que se confundieron con las gotas de agua y vapor. Entonces comprendió que la mejor forma de sacar el llanto contenido era haciéndolo en la ducha, para poder negarlo después.

Efectivamente, había el trabajo ofrecido y con un pago mensual puntual. Al inicio no supo qué hacer con tanto dinero, la verdad en su vida entera no había tenido necesidad de tenerlo y ahora lejos de los amigos, la familia y el amor perdido, no lo requería. Podría haber decidido perderse en el alcohol por la tristeza por Alicha, pero sabía bien que la consecuencia sería perder la oportunidad que tenía y regresar a su pueblo, allí donde tenía todo menos el amor de ella, y eso significaba mayor sufrimiento.

Así que decidió enviar el dinero a sus padres en *Numen del Alma*, pero al poco tiempo le llegó un *papelito,* con un mensaje de estos, donde le decían que no era necesario que les envíe la plata, ya que ellos en el campo tenía todo lo necesario y más bien él debía organizar adecuadamente para sus gastos o guardar para alguna emergencia más adelante.

Pompeyo no tenía mayor necesidad, ya que los alimentos los tomaba en casa del tío donde era apreciado por todos y su trabajo era precisamente su lugar solitario y taciturno de pernocte.

Comenzó a ahorrar disciplinadamente con una meta que solo él conocía: poner una tienda para que no falte nada en su tierra y sembrar sus campos en Cullash y comprar más animales que se multipliquen como conejos, para que nunca haya necesidad para sus familias: la actual y la futura.

Juntaba hasta el último real que cobraba cada fin de mes en el Banco de la Nación. Primero en sobres amarillos de manila que aseguraba con ligas, después tuvo que comprar una mochila en la cual guardaba los abultados fajos de billetes, ya que a pesar que su salario era poco más que el mínimo legal, la situación financiera del país hacía que la denominación de los billetes no se condiga con su real poder adquisitivo; es decir, mucha plata alcanzaba para poco, así que el bulto fue creciendo cada vez más, y ya le daba miedo tenerlo debajo de su cama en la construcción, más aún, cuando se había escuchado ya casos de robos en la ciudad.

Fue entonces que un buen día de mayo, cargando dos mochilas y acompañado por su tío Manuel, atravesaron la plaza de armas en un mediodía caluroso y de cielo azul profundo, fue a abrir su primera cuenta de ahorros en el Banco Cooperativo del Perú - BANCOOP. Tenía para entonces ya veinticuatro años y sus ilusiones intactas.

Alejandrina, por su parte, sufrió su falta de valor para seguirlo y formar familia, como lo habían planeado una soleada mañana mientras observaban impresionados al *apu* tutelar de su tierra, el picacho llamado «Canchón», testigo del paso de cien generaciones.

Lo extrañó los primeros meses, tal vez hasta unos años que anduvo solitaria y siempre en casa o ayudando en el campo; no se le veía en la misa los domingos y casi no salía sino a hacer encargos muy puntuales de su madre, con quien su relación había mejorado mucho después que le sirviera de paño para secar su llanto y como consejera para la superación del mal del corazón.

No se le veía en el *chorro* recogiendo agua y nunca más se le volvió a ver en Pucaquita. Las amigas de antaño se cansaron de buscarla y comprendieron resignadas la decisión que Alicha tomaba.

Pero después todo cambió. Poco a poco la vida la fue llevando de tumbo en tumbo, de aquí para allá. Entre la lágrima fácil, el fuego que había revivido en su ingle y sus ansias por querer olvidarse de Pompeyo, se fue haciendo de varios amores esporádicos que llegaban y al poco tiempo ya se había marchado de nuevo; desde amores de hombres maduros y con familia que le ofrecían el cielo durante una semana y luego ya no estaban, hasta temerosos jovencitos que veían en ella una mano guía que los tranquilizaba y los llevaba a la pampa a hacerse hombres.

Poco tiempo después se casaría con un comerciante de Pariacoto que se había quedado prendado de su belleza en la fiesta patronal. La había visto bailando chuscada y cantando un huayno que ella misma había inventado. Trifonio Támara le propuso matrimonio con todas las de la ley y ella aceptó sin pensarlo mucho y prácticamente sin conocerlo.

Le daba lo mismo quedarse sola, chapalear con Juan, Pedro o Zacarías, hombres de peso o mozalbetes imberbes que recién terminaban el colegio, que irse con ese gordo extraño que al menos mostraba un interés especial y hasta le había ofrecido eso que ni el Pompeyo había mencionado nunca: casorio, ante el cura y ante el alcalde, y recién después de eso llevársela a su casa y tomar entera posesión de ella y de su futuro juntos.

Se fue a su nueva vida llevándose apenas un costal con su ropa. Vivirían en el vecino pueblo de Pariacoto, pero ella había decidido que, al momento de dejar su casita de fachada blanca y tejas rojas, que su partida era para borrar todos los buenos y malos recuerdos en Numen del Alma. Dejar de recordar a Pompeyo, y también los correteos de su inestable comportamiento cuando comenzó a decirles que sí a quienes la buscaban. Olvidar sus años en el colegio, años en los que transcurrió su paso de la niñez a la adolescencia y en los que tal vez había sido feliz sin saberlo; olvidarse de la mañana en

Pucaquita cuando vio a un adolescente, un jilguero soltero, lindo moreno, que lanzaba piedras chatas al riachuelo y hablaba fuerte como para que ella lo notara, a su caminar con él por las callecitas empedradas golpeándose suavemente hombro contra hombro y escapándose cuando él quería abrazarla; a sus tardes de cielo pintado de naranja, azul y morado mientras el sol se hundía lentamente en el mar.

Fue por ese tiempo que su viejo amigo Pafundio Ardiles le mandaría un *papelito* a Pompeyo. Esto no tendría nada de novedoso, ya que habían sabido mantener una comunicación que podría decirse fluida de manera mensual o bimestral, siempre que algún conocido o familiar viajaba se enviaba la carta; además, las pocas noticias desde Numen del Alma así lo habían determinado.

Pero esta vez era diferente, ya que, ante la ausencia de un mensajero en común, había llegado de la mano del propio Cipriano Collas, el propietario y chofer del camión de transporte, que la entregó de mal humor, ya que había demorado en encontrar la casa del tío Manuel.

Extrañado por la misteriosa misiva que además tenía la nota de «urgente», Pompeyo Alegre se fue más temprano que de costumbre a su cuartito en el almacén de la obra en construcción.

Este era un espacio casi de tránsito y era compartido con bolsas de cemento y varillas de fierro, cascos, lampas y picos y, por ahí casi oculto, un diminuto catre de fierro, un extraño colchón y tres frazadas tigre para enfrentar el frío. Una cocinilla de resistencia eléctrica y una ollita en la que hacía hervir un poco de agua que acompañada de muña o cedrón que crecía en el campo cercano, usaba para calentarse en las noches heladas o para combatir un fuerte cólico alguna de sus primeras noches.

No era mucho, pero era suyo, su reino.

Abrió el único pliego de papel y leyó calmadamente lo que su camarada le contaba. La nota era muy puntual y en lenguaje directo su amigo de infancia le contaba que Alejandrina se había casado lejos de Numen del Alma y después solamente había regresado a recoger sus cosas. Que todo había sido muy rápido, que «en la fiesta de San Jerónimo un comerciante la ha visto y en pocos días le propuso matrimonio, y ella y sus padres han aceptado, y en pocas semanas lo han programado y encima no se ha *matrimoniado* aquí, en la iglesia matriz, sino que han preferido irse hasta la costa a una iglesia más grande y en medio de una pequeña fiesta de familiares y amigos del *gordo Trifonio* y unos pocos parientes de la Alicha, se han prometido amor en las buenas y en las malas.

Pocos días después, ella ha regresado a recoger sus cosas, y es entonces que recién me he enterado y por eso te comunico, tú como hombre ya maduro sabrás sacar tus conclusiones y tomar las medidas más convenientes que creas. Los amigos me han dicho que no te cuente, pero yo no podría haberme quedado con esa espina clavada. Cuídate mucho, *cholo*, ya me harás saber tus pensamientos…»

Al comienzo la noticia fue como recibir un balde de agua helada encima, pero luego, con mucho temple, supo asimilar el golpe. Además, muchos años ya habían pasado y cada uno era libre de seguir su camino, más aún si cuando él se fue ya no estaban juntos y nunca hubo promesas ni de volver, ni de esperar.

Ella lo había preferido así porque él estaba dispuesto a bajarse del camión de don Cipriano hasta el último momento si ella aparecía, y quedarse a construir su destino, juntos. Pero eso no había pasado porque ella así lo había querido y había seguido con su vida de saltar de un lado a otro, «como en alguna carta me ha hecho entender, Pafundio», y el que se casara con otro, solamente era la continuación de un momento que tarde o temprano iba a llegar.

No era como su caso, que había tenido que salir de su tierra a pesar de no estar convencido, solo por estar lejos de ella y darle tiempo para que medite. Que había tenido que instalarse en un cuartito de mierda al lado de arena, fierro y cemento para poder quedarse en esta ciudad, lejos de ella; y que había tenido que llenar su tiempo para que su mente deje de *pensarla y,* por eso, estaba estudiando ahora para ser maestro, aunque él preferiría estar sembrando sus campos y haciendo reproducir sus animales.

También pensaba que podría ser mejor aún ir juntando poquito a poquito para abrir una tienda cerca de la iglesia matriz en Numen del Alma, donde todos los paisanos fueran a comprar pilas para las linternas, alimento balanceado para el ganado, timolina y leche de magnesia Philips o todo aquello que llegaba muy de vez en cuando a su tierra. También alcohol para las heridas, las del cuerpo y las del alma; espejos, peinetas y ganchos para que las *china*s se vean más hermosas; pócimas para el mal de amores y otras para conquistar amores rebeldes y hasta relojes que hablaban y te recordaban la hora.

Lo cierto es que pasó el trago amargo sin mayor sufrimiento porque de manera oculta tenía un consuelo: alta, gorda, de cabellera negra como la noche y larga como el olvido, apasionada por la vida en el campo o en un pueblo pequeño que le haga sentir mayor calidez y menos indiferencia que en la ciudad, pero sobre todo una ganas decididas y definitivas de estar con él a donde quiera que fueren.

Era Salustia Hinojosa, quien en unos años más habría de convertirse en esposa y madre de los hijos de Pompeyo y con quien viviría un amor desenfrenado, que, así como llegó se fue sin hacer ruido, como cuando un amante se retira en silencio al amanecer, apenas escampa.

Sin embargo, la complicidad de una mutua y silente compañía y el regalo de no preguntarse muchas cosas el uno al otro, habían hecho que se sientan tan a gusto el uno junto a la otra y la otra junto al uno, que cada cual se había hecho una secreta promesa de morirse junto al otro, sin importar cuantos cambios podría haber en el largo camino de la vida, y si era morirse juntos y de viejos, mejor todavía.

Como el mundo es un pañuelo, Alejandrina también se enteró con el tiempo que el antiguo amor que le hacía sonrojar debajo de los árboles, había contraído nupcias y llevaba una vida tranquila y ordenada en la capital provincial, que ya era maestro y dictaba clases en una escuelita primaria fuera de la ciudad a la que iba temprano por la mañana y regresaba por la tarde; y que ya tenía una niña que crecía rápidamente.

Solamente lo extrañaba cuando su familia o amistades le visitaban en Pariacoto y, a pesar que su nombre no surgiera, la sola idea de estar hablando de su terruño hacía que de manera inmediata evoque su amor de juventud, pero a veces le parecía algo tan lejano en el tiempo y espacio que no sabía distinguir entre la realidad y recuerdos que fue construyendo, aunque no hubieran ocurrido.

A veces la vida es eso, lo que uno recuerda y no necesariamente lo que pasó.

Ella se había casado sin mayor expectativa. Lo único que quería en el momento de aceptar la propuesta de Trifonio Támara, era salir de la vida monótona en su pequeño pueblo, alejarse de los múltiples amores de media hora que había cultivado sin darse cuenta, y de los recuerdos de la época en que había sido feliz mientras esperaba que un joven montado en una burrita, llegue a silbarle.

Su esposo era amable y cariñoso. Gordo, bajito y con un sudor constante en las manos, demasiado grandes para su tamaño y contextura. Cuando vestía de camisa, el botón a la altura del ombligo parecía reventar, mientras él, infatigable no se detenía y siempre estaba haciendo algo para no caer en el aburrimiento.

Trabajador, despertaba al alba y preparaba las acémilas con las que salía a llevar mercadería a los pueblitos recónditos o con las que iba hasta la costa a traer arroz, aceite, azúcar, atún en lata de Chimbote, sal yodada y fideos; es decir, todo aquello que las tierras altas necesitaban.

A veces llevaba chucherías y baratijas que eran muy bien recibidas y requeridas en todo lugar al que llegara. El negocio iba bien, le alcanzaba para vivir bien, poder ir a divertirse a las fiestas patronales de los pueblos que visitaba. Era alegre y bailarín, pero su rasgo más distintivo era su opíparo apetito difícil de satisfacer.

Desayunaba media docena de huevos, caldo recalentado de la noche anterior, su tazón de medio litro de avena con leche y finalmente una taza de café acompañada de panes y palta. Para el almuerzo, se decía que había llegado a comer medio cordero y por la noche más bien entraba a una etapa de descanso y solo tomaba algún caldo y mazamorra de chuño o maíz.

Alicha nunca lo quiso, pero disfrutaba pasar el tiempo a su lado. En algún momento, él había expresado su deseo de tener un heredero que asuma el negocio de las mulas y lo pueda acompañar en los largos viajes.

Sin embargo, la muerte le llegó antes. Fue en un amanecer lluvioso y frío, pero de ardiente pasión, sorprendiéndolo en una cama que no era la suya, sino en un pueblo cercano a Pariacoto en el que siempre decía que se quedaba si llovía muy fuerte. De la acompañante no se supo.

Se decía que Alicha sabía de estas correrías del esposo porque una bruja le *había fumado* y leído las hojas de coca. Se decía también que, por venganza, de manera continua había ido poniendo en el café del esposo, un polvito oscuro de pepas molidas de manzana de chacra, y con ello, lo había estado matando día a día, por el cianuro que estas contienen.

No se le vio en el entierro. Pero un *pajarito contaba* que se había convertido en asidua visitante de la bruja de Sechín, a quien visitaba hasta dos veces por semana desde que decidió regresar a Numen del Alma. No resistió seguir viviendo en la casa de él, con la familia de él, con los comentarios que circulaban todos los días en el pueblo.

Se le había visto comer hierbas que recogía cada vez que llegaba de Sechín. Mandaba a niños, previa propina, a cazar aves negras conocidas como *paca paca,* cuya carne dura y azul devoraba para una mejor salud, por recomendación de la hechicera que le leía la suerte y le decía que su salud estaba siendo atacada.

Le había dicho que en sus lecturas la *mama coca,* le decía que había otra fuerza oscura muy poderosa que estaba haciéndole daño desde el pueblo en que Trifonio había muerto, sin mayor explicación que el que su corazón se detuviera de pronto.

—Es una mujer vieja ya. Canosa y que le faltan dientes. Nunca me he peleado con una fuerza así. Es muy poderosa, así que tú también tienes que poner mucho de tu parte para que *el daño* no te llegue. Te voy a dar estas hierbas y tienes que comer lo que te indico, y eso sí, tienes que venir puntual cada quince días —le había dicho mientras echaba humo por todo el cuerpo desnudo de Alejandrina.

—Ya, tía. Pero yo me estoy yendo a mi tierra que es más lejos —respondió.

—Tienes que hacer tu sacrificio, hijita, es muy necesario. Como vas a venir haciendo más esfuerzo podemos aprovechar y yo te voy enseñando algunas cositas para que sepas defenderte y también ayudar de repente a tus amistades o amigos, ya lo que no puedas me los vas a mandar acá. Yo he visto que tú tienes lo que se necesita para esto.

Retornó a su tierra, a su casa. Pero poco tiempo después había mandado a construir una casita de adobe en un sitio alejado, pero dentro del terreno de sus padres.

Tenía algo de plata que había agarrado de las alforjas que guardaba su esposo en la *collca,* escondidas entre las mazorcas que estaban secando. Había subido rápidamente por la escalera de madera apenas le dieron la noticia y había agarrado la mayor parte, antes que llegaran a la casa las hermanas y tías del finado.

Se fue a refugiar a la casita nueva sin tarrajear que en poco tiempo habían levantado con adobe y madera. En esta pasaba horas y días enteros. Había armado un corral para aves y ovinos, básicamente para el autoconsumo. No cultivaba la tierra, y eran sus padres los que periódicamente le enviaban verduras y frutas, o era ella quien compraba lo necesario con la plata que aún tenía.

Se alejó del centro del pueblo, solo se le veía cruzarlo cada quince días cuando se dirigía a Sechín. Tampoco visitaba mucho a sus padres, menos a las antiguas amigas; ya no iba a la iglesia, pero se le había visto pasar muchas horas, incluso nocturnas, en el cementerio. Además de ello, se veía que comenzaban a venir personas de fuera, mujeres, hombres y hasta familias que la visitaban periódicamente por algunas horas.

Pasado largo tiempo, la cofradía de amigos se vio estremecida con una noticia. Después de muchos años, Pompeyo había decidido regresar al pueblo con toda su experiencia, ahorros y familia en la espalda, y el rescate de la ilusión que tuvo de joven cuando se había prometido que algún día regresaría y pondría la tienda con la que había soñado.

Se instaló en la casa paterna y tomó por herencia la parte delantera, es decir, la tienda, la trastienda y un par de cuartos para él, su esposa y su hija. Sus padres se reubicaron en los cuartos que quedaban cruzando el patio empedrado y se dispusieron a disfrutar sus años de invierno.

Abrió la tienda y la surtió muy bien, para que nadie tuviera que ir lejos a buscar nada y más bien llegaran desde pueblos vecinos a comprar lo necesario. Poco a poco el negocio prendió y fue creciendo. Pompeyo estaba muy contento por estar de nuevo en su tierra en la cual su esposa e hija también disfrutaban y se adaptaban rápidamente.

Él había retomado sus reuniones con los amigos, que era lo que más disfrutaba. Tomarse unos tragos, escuchar anécdotas y chistes o recordar historias del pasado. Que haya siempre un *tocachín* con su guitarra que les alegre la jornada, y de vez en cuando, ya con unas copas encima, recordar a la Alicha, solo por recordarla, ya que nunca había prestado atención real cuando le dijeron que ella estaba en el pueblo, que era viuda y que seguramente algún día se volvería a encontrar.

Ella se había enterado del retorno de su amor de juventud, y aunque no quería pensar en eso, en la soledad de su casa y sus noches de insomnio no había podido engañar a su corazón y su mente. Entonces se quedaba recordando las épocas pasadas y con ganas de ver cómo estaba Pompeyo. ¿Habría cambiado tanto que no lo reconocería? ¿Estaría igual que el día que se marchó en la canastilla del camión? ¿Se acordaría todavía de ella o la habría olvidado con su nueva vida, y para siempre?

Pensando en eso se acostaba, pensando en eso se sorprendía de estar despierta cuando los gallos comenzaban a cantar, pensando en eso veía el tránsito de los colores de la noche al alba, y durante el día, a pesar que trataba de distraerse en sus labores domésticas o en los trabajos ocultos que hacía para otros; sin embargo, no lo había logrado, y sus días y noches se volvieron iguales, hasta llevarla a la desesperación.

Por su parte, Pompeyo, dedicado a la tienda, a la familia, a los amigos con quienes recuperaba el tiempo perdido, y a su chacra en Cullash en la que había sembrado cebada y papa y había comprado ganado para reproducción, no había tenido tiempo para pensar en ella, salvo en las noches de guitarra y trago, en las que la recordaba con un cariño sincero; pero también sabiendo claramente que ella era la que había decidido alejarse y también teniendo mucha claridad del daño que Alejandrina le podía causar.

Entonces, cada vez que su recuerdo quería aparecer en su mente, él se dedicaba más y más a su hija, a sus amigos y a sus proyectos que le llenaban días y noches enteras. Había decidido no soñarla y lo cumplió, había decidido no imaginarla y lo cumplió. Solamente la memoria le jugaba malas pasadas cuando alguien hablaba de Pucaquita, o cuando le tocaba estar frente al sol en los crepúsculos, o cuando ya pasaba su décima copa de pisco o caña.

En algún momento, sin saberlo, había pasado con su caballo —porque ahora ya no andaba en burrita sino en un brioso caballo bayo— enfrente de la propiedad de Alejandrina, sin mirar siquiera la casita de adobes sin tarrajear y mucho menos a la persona que salía de ella.

Ella, que desde sus visitas a Sechín había desarrollado extraordinariamente sus sentidos y tenía además una rara sensibilidad, se dio cuenta de la cabalgata desde que bestia y jinete cruzaron el riachuelo a trote lento. Oyó los cascos del caballo, oyó la respiración jadeante del animal y oyó el silbido de Pompeyo que soplaba entrecortado interpretando una canción de su infancia. Estaban como a cien metros de distancia.

Salió a su encuentro. Pensó que él venía a buscarla y se preparaba para contarle sobre su vida propia y preguntar sobre la suya. Sería un momento de reencuentro sin resentimientos, un reencuentro de dos personas ya maduras que podían tener respeto mutuo y amistad sincera.

Pensó que, tal vez, alguna vez podrían recordar con nostalgia aquellos tiempos que ya se habían ido; ir a Pucaquita y tal vez alguna vez ver un atardecer juntos en Cuchicoto... sin embargo, el caballero vestido de poncho marrón y sombrero negro de lana, pasó de largo, justo cuando ella levantaba la mano derecha para saludar.

Se sintió decepcionada y molesta. Pensó que había sido intencional esa cabalgata enfrente de su casa, para mostrarse y hacer entender que había regresado y que la estaba ignorando. Pero luego se dijo como consolándose, «tal vez ha sido distracción, o no sabe que soy yo quien vive aquí». Trató de estar tranquila, pero el dolor de ese desaire se mantuvo por muchos días.

Llegados los carnavales, ella salió de su espacio y decidió dar una vuelta por el pueblo. Le echaron talco y le pusieron serpentinas, volvió a bailar chuscadas como en sus épocas de juventud y hasta aceptó un vaso de cerveza que le ofreció un primo suyo.

Siempre esquiva y tratando de no relacionarse con mucha gente que no fuera su propia familia, se sentó en un rincón a conversar con una prima suya; y de pronto, pasó

Pompeyo con su cáfila de amigos, tocando arpa y guitarra, cerveza en mano y pintado de anilina azul, roja y amarilla.

Se miraron un segundo, y ella se comenzaba a levantar creyendo que la había reconocido, pero de pronto el hombre volteó la mirada para recibir el vaso para la cerveza y siguió de largo, entre gritos de júbilo y bailes de comparsa, en medio de un pasacalle interminable.

Ella se sintió herida en su amor propio de mujer, de hembra que le había dado lo más preciado de su vida y sus mejores años de adolescencia y juventud temprana a ese hombre, que antes había pasado a caballo por la puerta de su casa y no la había mirado, y ahora que la miraba no la saludaba y se iba bailando.

Luego, el dolor se tornó en rabia. Se paró y se fue a su casa a llorar de cólera y desazón. Se enjugó las lágrimas y entonces cayó en cuenta que estaba con la cara blanca por el talco y con serpentinas que le cubrían hasta la barbilla. «Tal vez no me ha reconocido por eso» se dijo, y se consoló con la idea de que no se había tratado de un desaire, sino de un evento caprichoso del destino que, esta vez, pintado de colores, había hecho que Pompeyo no la viera a pesar de estar frente a ella.

Y era verdad. Él no la había reconocido, no solo porque tenía la cara blanca y mucha serpentina desde el cuello, sino que también él estaba bastante distraído y con un dolor en el ojo porque le había caído algo de talco, llevaba algunas cervezas consumidas, y, por la premura de atravesar la calle para llegar al parque para comenzar el corta monte.

Después de eso llegaría una tercera oportunidad en que estarían cerca. Era junio y ya las heladas habían llegado y en general un frío intenso caía día y noche sobre la región. Fue entonces que Alejandrina, en parte obligada por las circunstancias, en parte deseosa de forzar un encuentro que le saque de sus dudas sobre las dos situaciones en las que estando próximos no habían tenido contacto, se dirigió hacia la tienda de Pompeyo para comprar una de frazada *Tigre*, lana para tejer y alimento para sus animales.

Bien envuelta en un chal para combatir el frío llegó hasta el pueblo caminando, cruzó el parque mientras nerviosa ensayaba qué iba a decirle cuando él la saludara y le preguntara cómo había estado. Se mordía las uñas de los puros nervios y sus pasos apurados cada vez la llevaban más rápido y más cerca del encuentro que estaba forzando, para quitarse la duda si es que se trataron de eventos tramposos los que habían hecho que él la ignore, o si ese era el juego que había escogido jugar.

En la tienda, un par de personas compraban alcohol en una galonera que taparon con una mazorca de maíz y plástico, una cajetilla de cigarro Inca y una libra de hojas de coca. Ella esperó su turno con calma y de pronto Pompeyo, que estaba agachado envolviendo la coca, se incorporó.

Estaban a un metro y medio el uno del otro. Maduro, pintando canas sobre las orejas, llevaba un anillo de alianza matrimonial en la mano derecha y hablaba con una voz de toro bramando. Era un hombre distinto, hecho y derecho, muy distinto del jovencito que ella recordaba.

—Buenos días, señora. ¿Qué cosita quiere comprar? —Dijo dirigiéndose a ella y se quedó mirándola esperando alguna palabra o gesto.

Alejandrina se quedó en silencio por unos segundos, mirándolo fijamente a los ojos, como reclamando una reacción. «¿No me reconoces, acaso?» se preguntó internamente, pero él se mantuvo impasible, como extrañado por el prolongado y raro silencio.

–Quiero comprar una frazada, lana y purina –respondió para salir de la incómoda situación, y siguió mirándolo, pero esta vez medio de reojo.

Luego el diálogo fue sobre la operación de compra, que el precio, que el color, que el volumen, que el vuelto. Él no mostró en ningún momento un interés especial, sino que se comportó con la normalidad de quien atiende a cualquier cliente que llegaba a la tienda.

Ella pagó, recibió sus paquetes y cuando estaba a punto de marcharse se dio la vuelta y de manera directa se dirigió a él. Se quedó mirándolo y fue consciente que él también la miraba cuando ella se acercaba. Pompeyo conversaba con alguien en la tras tienda, posiblemente su esposa o su madre.

No pudo continuar; retrocedió sobre sus pasos, tragó la saliva acumulada en la garganta por las ganas contenidas por llorar, y se marchó en silencio. En ese momento él reía a carcajadas con la otra persona.

La indiferencia mostrada por el hombre fue para Alejandrina como una fuerza telúrica de la naturaleza que la golpeaba. Quedó herida en lo más profundo de sus sentimientos y sintió un catastrófico impacto en el corazón, justo allí, en la cajita dorada donde guardaba sus más íntimos, nostálgicos y recónditos recuerdos y anhelos.

Sufrió en silencio en su soledad, pero esta vez siendo honesta consigo misma y con su almohada, que la acompañó en sus noches de insomnio, humedecida por tantas lágrimas vertidas. Lágrimas derramadas, tal vez por el dolor recientemente recibido, tal vez, por tanto padecimiento guardado a través de los años: el alejamiento de las amistades de la adolescencia, la separación de su familia para irse a otra tierra, el casarse con un hombre al que nunca quiso, el saberse burlada por la infidelidad del esposo que le había prometido tanto amor, la muerte de este en una cama que no era la suya, el frecuentar a la bruja de Sechín y ser quien ahora era; y ahora, sentir que la ignoraba quien amó con todas sus fuerzas alguna vez y juró amarla con locura.

Fueron diecinueve días, y le parecieron quinientas noches en las que sintió que las fuerzas la abandonaban y el sufrimiento era tan intenso que le dolían los huesos, se le revolvieron las tripas y se le acabaron las lágrimas. Muchas madrugadas ella había decidido que ya no quería continuar, y hasta había preparado brebajes con un negro polvito que estuvo a punto de tomar; pero no lo hizo.

Alguna noche sin luna sintió que todo el dolor se iba convirtiendo en un rencor radical, en un oscuro sentimiento de ira contenida luchando por explotar, en un deseo de venganza que cada vez se hacía más grande e intenso, en una sed desproporcionada e insaciable por sentirse resarcida de lo que entendía había sido una humillación.

Se volvió más asidua de sus viajes a Sechín, lo hacía varias veces al mes, siempre llevando animales desollados y regresando con hierbas, aceites y pociones medicinales. En algún momento de la historia llegó hasta el punto de pasar varias semanas de pernocte con *su tía*.

Estando en Sechín, cierto martes pensó que tal vez era mejor quedarse y no regresar a su pueblo del cual había huido, regresado y ahora volvía a huir; pero cerca de las fechas de la fiesta patronal se le vio nuevamente en su casita, sacrificando sus gallinas, mandando a los niños con hondas a cazar *paca pacas* y recibiendo a personas que venían a consultarle sobre sus males o su futuro.

Pompeyo, por su parte, se había quedado un tanto intrigado con aquella mujer que no conocía que se quedó mirándolo fijamente mientras compraba en su tienda. Nunca habría reconocido que era *su* Alicha, pues los años, el sufrimiento, y sus nuevas costumbres habían causado menoscabo en su aspecto físico, y de la linda chiquilla de quien él tenía recuerdo quedaba muy poco.

O era tal vez que su voluntad por olvidarla era más fuerte y hacía que no la reconociera a pesar de ternerla en frente y hablar con ella. O tal vez muy en el fondo, en su inconsciente, sabía de quien se trataba y era una forma de cobrar una deuda producida hace más de veinticinco años, cuando ella lo maltrató, no solo desairándolo, sino también abandonándolo sin darle ninguna razón. «Me trató peor que a un *allku*», había rumiado alguna vez en medio de su amargura.

Llegó el fin de año, llegaron y pasaron las lluvias, pasaron los carnavales y la semana santa, y nuevamente las heladas quemaban los cultivos y mataban animales. Pasada la fiesta del 24 de junio de aquel año, la vida en el pueblo se hacía muy compleja por la severidad del clima.

Había pasado casi un año desde que Alejandrina había decidido ir a buscar a Pompeyo. Había pasado casi un año desde que él no la había reconocido o no había querido hacerlo a pesar de estar frente a frente y hablándose mutuamente; había pasado casi un año desde que su pena y desazón extremos se habían convertido en un odio visceral que le consumía las entrañas cada vez que pensaba en el oprobio sufrido.

Llegado el mes de julio, Pompeyo había tenido que ir de emergencia a Cullash, ya que había sido informado de la muerte de gran parte de su ganado.

Salió a caballo antes del amanecer y estuvo todo el día recuperando la carne, lana o cuero que se podía rescatar, inyectando medicina a las ovejas enfermas y tratando de habilitar un cobertizo para que los ovinos pudieran refugiarse durante la noche, aunque sabía bien que era en vano. El intenso frío de ese año llevó desolación y muerte a las tierras altas del pueblo.

Entre claro y oscuro regresaba, cavilando sobre las pérdidas producidas y planificando qué se podría hacer en los próximos días y semanas, incluso proyectándose para las heladas de los siguientes años… cuando de pronto el caballo se detuvo *en seco,* y no quiso avanzar más.

El jinete agarró fuerte las riendas para no caer cuando el equino levantó las dos patas delanteras.

—¡Sooo! ¡Sooo! ¡Carajo!, ¡¿que cosa ya tienes?! —gritó Pompeyo con energía, al tiempo que, jalando fuertemente las cintas de cuero y el freno, doblegaba al animal que relinchaba de manera intensa.

Tranquilizó al caballo acariciándole detrás de las orejas y en las crines, hablándole pausadamente, cuando de pronto vio metros más adelante, cruzando una delgada acequia, la figura de una mujer que, con sus coloridas polleras y llicllas, destacaba en medio de los árboles de eucalipto y una tenue neblina que comenzaba a formarse.

Debido a la distancia y por la poca luz natural que le quedaba al día, no distinguía bien quien era. Además, el cansancio, el movimiento del caballo, el sombrero desacomodado y también los ojos de un hombre de sus años, no le permitían fijar bien la mirada y descubrir categóricamente de qué persona se trataba. Mujer, sin duda, por las trenzas y lo colorido de las prensas, eso sí.

–¡Pompeyo! –escuchó que le llamaba la voz femenina. Se quedó más intrigado aún porque no entendía quién podía ser a esa hora y en ese desolado paraje.

–¿Quién es? –Preguntó el hombre–. No te veo bien, acércate.

–¡Pompeyo, ven!, no puedo bajar porque hay mucho barro. ¡Ayúdame! –gritó la mujer.

«Sabe mi nombre. Seguro debe ser alguna paisana que se ha perdido» pensó Pompeyo, y decidió acercarse ante la negativa de su caballo que firme se resistía a moverse y, por el contrario, trataba de alejare. Bien agarradas las riendas, enérgicos taconazos en la panza del animal y chicotazos fuertes en el anca lograron que, con mucha dificultad el caballo avanzara.

Cada vez más cerca, comenzó a reconocer a la mujer que era nada menos que Alejandrina, pero era la figura y el rostro que recordaba de ella, de la chica de hace más de veinticinco años. «¿Qué cosa?», pensó. «¿*locutsun?*» se dijo y se detuvo a mirar con mayor atención para confirmar o rectificarse en lo que creía que estaba viendo.

Pero no. Era ella. Con su pollerita fucsia, su lliclla multicolor, su sombrero de soltera adornada con una flor, sus mejillas chapositas y la misma sonrisa con la que había encantado al jilguero soltero, lindo moreno Pompeyo Alegre, hace más de veinticinco años.

—Ven, ayúdame. Llévame en tu caballo *anancadita* no más —dijo la jovencita, con la misma voz que recordaba Pompeyo.

Los ojos de caballo parecían salirse de sus órbitas y la respiración y el jadeo fuertes e intensos del animal eran percibidos como si se tratara de una cámara lenta. Otro chicotazo le reventó la piel dejándola al rojo vivo y el caballo avanzó de nuevo.

«Esto no está bien, algo está pasando. No puede ser posible que se me aparezca esta china que ahora ya debe estar madura y diferente» pensaba Pompeyo.

—Acércate para que me lleves. ¿Acaso no me reconoces? Vámonos a Pucaquita —Volvió a hablar la mujer detrás de una pequeña pirca—. Ven aquí, cerca a la piedra, para poder subirme —continuó.

...

«Yo quería irme *she*, pero era una fuerza irresistible que me jalaba como imán. Me sentía como que flotara, mi cabeza me dolía, y escuchaba su voz a lo lejos. Yo sabía que no era la Alicha, pero al mismo tiempo tenía ganas que todo sea verdad y poder llevármela a la pampa, como antes» le había contado Pompeyo a Pafundio Ardiles la primera vez que le narró de esa experiencia.

El caballo temeroso avanzaba y estaban cada vez más cerca de la mujer que seguía hablándole.

–Tanto tiempo que te has ido y ahora ya no quieres reconocerme. Cholo malagradecido habías sido, ¿no? Será que hora tienes tu mujer, tu hija, tu tienda, tu…

Pompeyo acomodaba el caballo para que la mujer se subiera, ayudada por una piedra grande para impulsarse. Fue entonces que él pudo ver que en lugar de pie se posó una horrible, oscura y asquerosa pata de gallina, despertándolo del sopor en el que estaba, logrando reaccionar a tiempo y soltar el freno del equino que salió disparado a toda carrera, incluso a punto de hacer caer al jinete, quien a duras penas logró incorporarse y asirse fuerte de las riendas y del cuello del animal.

Con los ojos cerrados y rezando, Pompeyo dejó que el caballo corriera unos dos o tres minutos, luego de lo cual, volteó para ver si ya se había alejado lo suficiente. Ante su sorpresa, vio que la mujer corría a esa misma velocidad, solamente unos metros más atrás y seguía hablándole.

–No te vayas. Tienes que llevarme. Vámonos a Cuchicoto a ver cómo anochece –decía la mujer.

Él fustigó con más fuerza al animal que hizo un esfuerzo adicional para imprimir aún más rapidez a la carrera.

…

«Me dio miedo que se le vaya a reventar el corazón al caballo» le seguía contando Pompeyo a Pafundio Ardiles. «Otra vez miré y seguía allí la desgraciada, cerca de nosotros, y hablando y hablando la pendeja» siguió contando, mientras se calentaban el cuerpo con una botella de cañazo.

...

—¡Fuera! ¡Demonio de mierda! —gritó Pompeyo.

Fue entonces que, primero los ojos de la mujer se tornaron totalmente negros, sus cabellos se erizaron y las trenzas se soltaron, y de pronto las patas de gallina eran más grandes y los trancos que daba al correr eran más largos, casi al punto de volar. Su voz ya no era la de la dulce mujercita, sino que parecía el rugido de un puma herido.

—¡No te vayas, tienes que dejarme subir! —gritó una vez más.

El maltratado caballo hizo un último esfuerzo, tal vez porque vio que estaban cerca de las primeras casas del pueblo y ya se distinguía la cruz de la iglesia matriz o tal vez porque su instinto de supervivencia le llevaba al sacrificio máximo para no dejarse atrapar.

Pompeyo, abrazado con todas sus fuerzas del cuello del animal, esperaba resignado un zarpazo final que lo derribe y romperse el cuello con la caída, o que el extraño ser saltase a su espalda y lo atacase a golpes, mordiscos y desgarrándolo hasta causarle la muerte. Rezaba y estaba a punto de caer por un colapso nervioso.

Fue entonces que se escucharon los ladridos de los perros de las casas y corrales, ante lo cual Pompeyó gritó con todas sus fuerzas pidiendo auxilio. Su caballo ya no podía más con el esfuerzo, el cansancio, el peso y el temor; así que fue cediendo y reduciendo la velocidad. Era inminente que pronto caería exhausto, y ese desplome causaría también graves heridas, cuando no, la muerte de su dueño.

Sin embargo, el caballo bajó su marcha, los perros se acercaban a ellos ladrando y algunas personas comenzaban a salir de sus casas al oír todo el alboroto y gritar «¡¿Quién vive?!». Él se llenó de valor y volteó por última vez, y vio a la mujer de pie. Se había detenido.

—¡Pompeyo, Pompeyo! ¡Si me hubiera subido a tu caballo, hasta tus ojos te hubiera sacado y me los hubiera comido! —alcanzó a gritar antes de irse corriendo en sentido contrario, escapando de los perros.

Luego, el hombre cayó sin sentido, segundos antes que el caballo se tendiera jadeante con el corazón que le reventaba y la sangre se le concentraba en los ojos.

Despertó unas horas después, ayudado por una familia que vivía cerca. Nadie le dio mayor razón de lo ocurrido porque solo habían visto a una mujer que se iba corriendo.

De Alejandrina Coronel no se volvieron a tener noticias claras. Algunos dijeron que se había ido a la costa, otros decían que vivía encerrada en su casita de adobe sin tarrajear, y que estaba allí encerrada y no se dejaba ver en el día, pero que de noche salía a caminar por el pueblo o por la carretera rumbo al cerro Castilla.

Ese mismo día, ya recuperado del susto y la angustia y mientras caminaba jalando de las riendas a su caballo rumbo la casa de su amigo Pafundio, don Pompeyo Alegre tomó la decisión de celebrar todos los días tres de julio una fiesta para agradecer que no había sucumbido con las garras del mal, y festejar que tenía sus ojos y seguía en este mundo.

…

–¿Cómo no voy a celebrar, carajo! –gritó Pompeyo con todas sus energías al tiempo que se incorporaba de la cama, bajaba por las escaleras poniéndose el saco, y se preparaba para comenzar la gran fiesta del tres de julio–. ¡Esa banda! Que comience la música, suelten trago, sirvan caldo. Hay que festejar la vida…

Cuentan en mi tierra que a los hombres que andan por parajes solitarios, o que andan en aventuras amorosas ya sea con el cuerpo o con el pensamiento, se les aparece una mujer hermosa: puede ser una desconocida o tal vez aquella a la que frecuentan, o tal vez a quien siempre recuerdan.

Ya sea cuando están muy cerca, o las dejan subir al carro, o cuando las llevan a caballo, se percatan que tiene patas de gallina, pero para entonces ya es demasiado tarde; porque en realidad no es una mujer de este mundo, sino el mal que se disfraza de hembra y tienta a los hombres débiles que sucumben irresistiblemente, ya sea por la belleza, ya sea por la pasión o simplemente por la nostalgia.

San Borja, octubre de 2011

«¿Qué cosa tienes miedo…?»

Entre claro y oscuro iba cayendo la noche, llovía a cántaros ese enero ahora tan lejano, mientras la anciana tosía intensamente con el pañuelo blanco tapándose la nariz y la boca.

Después, se puso un gorro de lana negro sobre el cráneo cubierto de hebras de cabello gris, vistió una oscura chompa de alpaca, calentadores para las piernas y medias de lana de carnero. Sobre todo ello, se colocó el amplio camizón que cubría totalmente su cuerpo menudo, en extremo delgado y macilento, afectado por todos los años a cuestas y las enfermedades respiratorias que la habían perseguido sin tregua desde la niñez.

Luego sorbió de una taza de loza algo despostillada la infusión de manzanilla que siempre tomaba antes de acostarse. Rechazó de golpe la bebida pues la temperatura aun no era tolerable «*Achachaj*» había pensado, mientras colocaba nuevamente la taza sobre su mesa de noche. «Mientras enfría, mejor comienzo a rezar mi rosario» se dijo.

Se sentó sobre una antigua mecedora de cedro y mimbre que, al balancearse con el peso del cuerpo, generaba un crujido ahogado del piso de madera humedecida con petróleo. Las reumáticas manos de la octogenaria cogían un rosario de metal que había sido bendecido por el propio Juan

Pablo II, en la ordenación sacerdotal de un sobrino de la anciana, nada menos que en el Vaticano.

Rezaba en voz baja respirando con cierta dificultad, por momentos el sueño le ganaba y cuando despertaba, reaccionaba inmediatamente y continuaba la oración en la misma frase donde la había dejado.

Pasados unos minutos detuvo su vaivén. Buscó casi a tientas la taza de manzanilla y la bebió lento, aprovechando el líquido para tragar dos pastillas de colores. Se untó *Vick Vaporup* en el cuello, las sienes y el borde de las fosas nasales y verificó que su bacinilla estuviera debajo del catre.

Luego se acostó en la centenaria y heredada cama de fierro que al contacto lanzó un agudo quejido; se cubrió con tres frazadas, continuó sus oraciones mientras trataba de quedarse dormida; sin embargo, la luz de la lámpara no se lo permitía. Resignada apagó la tenue iluminación.

Este era su protocolo cada noche para acostarse, pero casi siempre terminaba dando vueltas y más vueltas en la cama. Por momentos sentía mucho frío y ponía una frazada más, luego sentía calor y sacaba dos de los cobertores.

Avanzados los minutos se quedaba en silencio escuchando hasta el mínimo ruido que se producía de manera natural en la noche: el tic tac del reloj en el piso inferior, las gotas de lluvia cayendo sobre el Eternit, los ladridos de los perros en la lejanía, el chirrido de los grillos en la casa vecina, el aleteo de las polillas, las voces de los enamorados en el parque cercano, y el crujido de madera vieja atacada por termitas que era el piso de su cuarto. Entonces encendía la luz tratando de encontrar a alguien que estuviese caminando en su pieza. Nada… nadie.

Era muy temerosa desde que su marido muriera frente a ella sin previo aviso: Él estaba medio borrachito, con su cigarro en la mano en mitad de la celebración del cumpleaños de su compadre. Había sido un paro cardiaco fulminante.

Se había quedado sola en una casa inmensa, ya que los hijos que hacían vida en Lima, Trujillo, o en el extranjero, habían vuelto a su ritmo laboral y familiar tan pronto el padre fue enterrado.

Ya habían pasado casi diez años desde entonces, y a pesar que en varias ocasiones trataron de convencerla de vender la casa e irse a vivir con alguno de ellos o sola en un departamento, la anciana no había aceptado y había preferido quedarse sola en ese espacio que la llenaba con sus sueños y recuerdos, reales o ficticios.

Era una casa de estilo colonial, un largo zaguán conducía desde la puerta ubicada en la avenida Raymondi, hasta el primer patio en la cual se cultivaban plantas ornamentales y flores en macetas. De este patio partían dos escaleras, una que llevaba a la amplia habitación de la anciana de cerca de treinta metros cuadrados, y la otra que llevaba a un espacio espejo, que, pasado el tiempo fue alquilado a otra mujer solitaria y huraña a quien solamente se le veía los domingos cuando iba a misa.

La primera planta continuaba con una sala de estar algo informal, era un espacio más bien pensado para tomar sombra o protegerse de la lluvia mientras se observaba la luz del patio. Había unos muebles de tela y una pequeña mesita con un cenicero de cristal de fantasía. Desde el balcón interno de la habitación de la anciana había vista directa a este lugar.

Luego había una sala formal en la que había una antigua consola con floreros de platería de tipo alpaca, con muy poco brillo por falta de pulido y conservados muebles de terciopelo rojo. Después estaba el comedor de ocho puestos bajo un cuadro de frutas y animales silvestres recién cazados. Luego la cocina y un segundo patio alrededor del cual había varias habitaciones que eran alquiladas a estudiantes de la Escuela Normal.

Fue en la salita de estar donde la anciana vio por primera vez la imagen espectral del marido muerto. Fue como a la semana posterior a su entierro: sentado, preocupado, con los ojos cerrados y la cabeza gacha, mano derecha tomándose la frente y el brazo izquierdo cruzado sobre el vientre, sirviendo de apoyo al codo derecho. Silbaba una tonada de la época en que se habían conocido.

Vestía la misma ropa del día del infarto y a primera vista le había parecido más delgado. «No habrá comido desde el sábado» pensó la anciana, y entonces se imaginó que más allá de la muerte el cuerpo aún sigue siendo humano y necesita seguir tomando agua, alimentándose y abrigándose. También se dijo: «Tendrá frío» porque en ese momento corría viento helado y llegaba la noche, y el marido estaba en mangas de camisa. Ella se acercó despacio e hizo ruido al arrastrar las babuchas.

El hombre reaccionó como saliendo de un largo letargo y la miró con tal tristeza que el cielo comenzó a llorar sin detenerse, y cuando trató de levantarse, la anciana asustada corrió esforzando sus débiles piernas, cruzando el patio a pesar de que el cielo se desplomaba en ese instante, y que estuvo a punto de resbalar mientras subía la curva de las escaleras, agarrada firmemente del pasamanos metálico, como cuando un ave atrapa a su presa.

Llegó hasta su habitación y se quitó rápidamente la chompa que llevaba, la cual se había empapado en los pocos segundos de exposición a la torrencial lluvia, atemorizada porque la ropa húmeda podía empeorar su permanente tos.

Luego, todavía asustada y cubriéndose con un paraguas negro y envolviendo la cabeza en un grueso pañolón, se acercó a su balcón interno para observar la salita de estar, buscando al finado esposo triste y ausente. Solamente se alcanzó a ver el mueble vacío, donde ella estaba segura de haberlo visto hacía un par de minutos.

Aquella noche no durmió. Ni siquiera bajó para preparar la habitual taza de manzanilla con la que combatía el frio y le ayudaba a dormir. Dio vueltas y más vueltas en la cama, sudando de temor, creyendo escuchar que el marido ya subía, y si bien por la confianza de cincuenta y tres años juntos no le tenía miedo, sí la había asustado esa mirada de honda tristeza que le había terminado de convencer que, en efecto, él ya estaba muerto. «Incluso después de muertos tienen sentimientos» pensó.

Los pocos minutos que logró conciliar descanso, él aparecia en sus sueños, mirándola con esos ojos de pena. Ella le preguntaba: «¿Por qué, pues, estás tan triste?, me has asustado con tus ojos», y él le respondía con angustia, que era «porque estamos muy solos. Hemos tenido siete hijos y los hemos criado, tú con amor y yo proveyéndoles todo lo que han necesitado, y todo eso ¿para qué? para que se vayan lejos y casi no vengan a vernos. Yo no quiero irme dejándote más sola todavía aquí»…

Entonces despertó, con el pecho que le silbaba por la respiración acelerada y arrítmica, se dio cuenta de que había estado llorando, no solamente por la almohada mojada y los ojos hinchados, sino por el nudo que permanecía en su garganta. Luego se quedó en silencio, pensando en lo que le había dicho el esposo en sus sueños; hasta que llegó el amanecer. y como un ladrón, se coló por su ventana.

Tenía miedo desde entonces. Si bien la mañana siguiente pensó que se había tratado de un engaño de la vista o que su vieja cabeza, sus recuerdos y la soledad le habían jugado una mala pasada, en el fondo sabía que la aparición había sido real, y no solo eso, si no que el marido ausente le había perseguido hasta en sus sueños para poder darle el mensaje del porqué estaba aún en la casa.

Dormitaba durante el día porque las noches se le hacían largas por el insomnio; comía apenas lo necesario y dejó de caminar y hacer los quehaceres propios de la casa, los cuales había cumplido con ahínco por cincuenta y tres años desde que después de casarse se habían mudado a ocupar ese gigantesco espacio. Hasta antes de toparse con la figura espectral y a pesar de superar las ocho décadas se levantaba muy temprano para barrer y limpiar con los primeros rayos del sol. Pero ahora la casa poco a poco iba cediendo al polvo y al comején.

Volvió a ver la imágen del marido muerto una fría mañana de febrero mientras hervía el agua en una vieja tetera de acero que comenzaba a silbar, y ella abría con mucho esfuerzo un frasco de miel de abejas para el desayuno.

Allí estaba él, sentado en su puesto a la cabecera de la mesa, pero esta vez vestía diferente. «Más allá de la muerte también se cambian la ropa» pensó la anciana antes de ponerse en pie y salir rápidamente a la calle, para evitar que él la mirara con los ojos de pena que le habían hecho sufrir la noche de la lluvia torrencial.

Desde entonces se le vio pedir por favor que la acompañaran, especialmente a pasar la noche. Visitaba a hermanos, primos y sobrinos para que puedan pasar el día con ella en la casa, o mejor aún, si se quedaban a pernoctar. Les preparaba una cama en su propia habitación, dividiendo el espacio con un ropero y una cómoda grande con los que generaba privacidad.

Sus hijos insistían una y otra vez en vender la casa y que ella fuera a vivir a un lugar más pequeño, tranquilo y seguro, o un lugar particular donde pudiera tener cuidado suficiente y permanente. Ella les dijo que se había hecho la promesa de salir con los pies por delante de ese *su* espacio.

También habían intentado contratando personal para encargarse de la casa y otras que se encarguen solamente de acompañar a la anciana, pero los intentos habían sido infructuosos, por su arisco carácter y el hecho que las personas también veían la figura fantasmal del marido vagando por los cuartos de la casa, en mangas de camisa, arrastrando los pies y silbando canciones muy antiguas.

Duraban horas, días y a duras penas hasta una semana. Asustadas por el fantasma que a veces aparecía a su lado mirándolas con los ojos de lástima, y, cansadas por el temperamento y obsesiones de la anciana, renunciaban y se marchaban, varias veces incluso sin recibir la paga acordada.

Pero hubo una mujer madura que pareció dominar la situación. Delgada y con una ligera joroba en el lomo, resistió los embates del mal genio de la anciana a quien rápidamente le iba tomando el pulso, e incluso había visto un par de veces la imagen decrépita del fantasma que vagaba en la casa y no le había tenido miedo.

Era de un pueblo cercano a la tierra natal de la anciana. Era sola en la vida, no tenía marido, ni hijos, ni familia. Solo algunos amigos para no tener una vida sin color, y había vivido gran parte de su vida trabajando dando atención y compañía a personas adultas mayores, así que tenía la experiencia necesaria para lidiar con la anciana.

Lo más sorprendente era que no se había asustado con la imagen sombría que se le presentó un día en la salita de estar donde la anciana lo vio por primera vez. Estaba sentado a su lado. Ella se percató, pero no se movió de la silla y continuó tejiendo; el fantasma estuvo inmóvil unos pocos minutos, luego se levantó y caminó, siempre arrastrando los pies, hasta perderse por el largo corredor que llevaba a la calle.

La segunda vez fue de noche. Se toparon frente a frente en el patio, pero ella pasó de largo como si no lo hubiera visto y continuó su camino hacia el comedor sin voltear la mirada.

Sin embargo, todo cambió de golpe una mañana muy temprano cuando el sol comenzaba a aparecer. La mujer se levantó y fue a ver a la anciana para saber cómo había despertado y si necesitaba algo.

—¿Cómo no más has amanecido, mamita? —le preguntó—. ¿Has dormido bien?

—No he dormido bien, muchos sueños me han fastidiado y mucha luz ha entrado por mi ventana. Y la tos que no me ha dejado toda la noche –respondió la viejecita que seguía totalmente arropada.

–Uyy, qué pena... ¿Quieres alguito antes de levantarte? –Volvió a preguntar la mujer.

–*Trayme* una hierbita caliente –respondió la anciana– y tranquilidad para mis noches –dijo rumiando el mal humor del día a causa del insomnio.

La cuidadora se abrigó bien, se envolvió la cabeza con su chal y descendió ligera por las escaleras, cruzó el patio del cual comenzaba a brotar los olores de las flores en las masetas, cruzó la salita de estar, la sala formal, el comedor, el corto pasillo que llevaba a la cocina y de pronto se topó con la imagen de la anciana que, de espaldas a ella, parecía lavar algo en el caño abierto.

La miró bien para convencerse de que se trataba de la misma mujer que había dejado hace dos minutos envuelta entre frazadas en el piso superior y se convenció de que era ella, cuando comenzó a hablar sola con la misma voz que le había pedido la bebida caliente.

Regresó rápidamente sobre sus pasos y, al llegar a la habitación, encontró a la vieja mujer sentada sobre su cama con la pequeña lámpara encendida, escogiendo las pastillas que le tocaba tomar a esta hora del día. Se miraron.

–¿Qué te ha pasado? Estás blanca como una vela –le dijo la vieja.

–Mamita no has bajado, ¿no? –respondió la otra mujer.

–¿Cómo voy a bajar? Si no me he cambiado la ropa todavía, y además voy a esperar que salga un poco el sol porque todavía hace frío y no se me vayan a enfriar los bronquios. Más bien, no has traído el mate que te he pedido para calentarme y tomar mis pastillas –respondió la anciana y siguió hablando, pero la otra mujer ya no la escuchaba, concentrada en su propio mundo, sin saber cómo reaccionar.

No le dio razones, pero esa misma mañana empacó sus pocas cosas y dijo que ya no podía seguir trabajando allí. La anciana preguntó los motivos, sin hallar alguna respuesta contundente, incluso llamó a los hijos para pedirles que la convenzan de quedarse, que le ofrezcan mejorar su salario, y ella misma incluso amenazó con no pagarle, pero todo fue en vano. Antes del mediodía la mujer se marchó sin recibir un centavo.

Fueron poco más de tres semanas en los que la anciana se había sentido realmente acompañada desde hacía más de cinco años de la muerte del marido. Lloró disimuladamente la partida de su empleada, quien además de encargarse de los asuntos materiales de la casa o de la salud de la anciana, había también comenzado a encargarse de los asuntos del alma.

Conversaban durante el desayuno que tomaban compartiendo la misma mesa, se contaban historias de su pasado, luego se sentaban a tomar el sol en el jardín, por las tardes la anciana daba consejos sobre el bordado que la otra mujer hacía y por las noches se acompañaban hasta que la patrona se quedaba dormida, mientras se contaban los problemas actuales y sus deseos del futuro.

–Cuando mis nietos vengan a vivir aquí, vamos a botar a los inquilinos de los cuartos, porque ni se interesan por saber si una está viva o pudriéndose hace semanas... –decía la anciana cuando ya estaba a punto de conciliar el sueño.

Cuando los sobrinos o sobrinas la iban a acompañar por las noches, la pasaban prácticamente en vela, ya que pernoctaban en la misma habitación, apenas separados por un ropero antiguo. Escuchaban a la anciana toser, roncar, hablar dormida, dar vueltas y más vueltas en la cama, y cuando lograban conciliar el sueño, la anciana despertaba y les llamaba fuerte por su nombre; hacía esto sólo por el hecho de estar segura de que él o la acompañante estaban allí, y así, durante toda la noche.

Era por ello que cada vez que la anciana aparecía en las casas de los familiares, los jóvenes y adolescentes sudaban frio porque ya sabían lo que pasaría. Así que idearon un sistema rotativo que hacía que cada mes les tocara un par de noches junto a la tía.

Sin embargo, en los últimos años, debido a que algunos de ellos se casaron, otros migraron, uno vio la imagen solitaria del tío muerto hace muchos años, y otros que mal comprendieron que madurar les daba derecho a negar favores; la soledad se había convertido en la huella predominante en la vida de la anciana.

Poco a poco se acercaba el décimo aniversario del fallecimiento del esposo. Y entonces la anciana cayó en cuenta de que cada vez veía menos al fantasma de su compañero de décadas. «Seguro los muertos también se cansan» pensó mientras sacaba el cálculo, lo había visto aparecer apenas un par de veces en los últimos meses, pero aún la asustaba cada vez que la miraba con los ojos de pena.

También en sus sueños, o en sus pesadillas, la visitaba con menor frecuencia. Al inicio soñaba con él casi todos los días y siempre despertaba asustada o llorando; luego los sueños la llevaron a recordar escenas de su vida en común, de cuando eran felices y nada les faltaba, solo algunas cosas materiales. «Ya estará más viejo, por eso no puede venir más seguido» se dijo la mujer una noche.

Llevaba ya un año tomando pastillas para dormir, pero en varias ocasiones estas no habían tenido el efecto deseado y más bien la habían dejado en un estado intermedio de sueño, somnolencia y vigilia, en el que no sabía si estaba soñando, estaba despierta o estaba en etapa de alucinación. Fue precisamente una de esas noches que ocurrió algo que cambiaría su vida.

Era una noche tibia y clara, la luna llena inmensa ocupaba gran parte del cielo visible desde el patio de la casa.

La anciana había cumplido escrupulosamente su ritual previo a acostarse. Ya en cama esperaba que el somnífero hiciera efecto, los párpados le pesaban, pero cuando los cerraba y trataba de conciliar el sueño, no podía; la tos que la había aquejado desde que tenía siete años, contribuía en la dificultad para dormir.

Sin embargo, sentía zumbidos en la cabeza y cuando se incorporó para ocuparse en su bacinilla sintió su cuerpo ligero, casi como si estuviera flotando. "¿Estaré despierta o estaré soñando?" se preguntó mientras se quedaba sentada al borde de la cama. Orinó en la bacinilla, apurada y queriendo regresar dentro de sus frazadas y conseguir sueño rápidamente.

Ya en la cama, y cuando trataba de escuchar los sonidos naturales que le parecían siempre extraordinarios, le sorprendió uno que le había sido muy familiar en la casa, lo reconocía perfectamente, a pesar de no haberlo oído hace muchos años. «Tac, tac, tac, tac, chirrrt, tin», escuchó claramente: era su vieja máquina de escribir modelo Olivetti

Estudio 46, con la que había aprendido mecanografía en una vida muy lejana.

Se levantó con dificultad, el pecho le silbaba. «Entonces estoy despierta» pensó, pero luego la sensación de ligereza y estar caminando más rápido de lo normal le hicieron dudar nuevamente si estaba bajo los efectos de las pastillas, de sus sueños ligeros o si era realidad lo que le pasaba.

Temerosa, se acercó al balcón y vio su patio iluminado por la luna radiante. Un poco más allá, en el límite de la salita de estar con la sala formal, justo donde había una ventana divisoria, vio a un hombre que tecleaba muy concentrado dando firmes golpes a la máquina de escribir.

Se quedó pasmada al ver a aquel hombre que le recordaba mucho a una figura que muy bien conocía. Era, *cala peka* y tenía una poblada barba blanca, llevaba puesta una camisa blanca cerrada hasta el botón del cuello.

De pronto, el hombre se detuvo, incluso quedándose con la mano derecha en el aire. Era como si se hubiera percatado de que alguien lo miraba; unos segundos después se levantó y salió hasta el patio.

La anciana estaba petrificada al ver esa figura tan real de un hombre desconocido en su casa y usando su vieja máquina de escribir a esas horas de la noche. Estaba totalmente segura de que no se trataba de ninguno de los tres inquilinos de los cuartitos del fondo, muchachitos tímidos y menudos que nunca salían ni siquiera a saludar.

El hombre se paró en el patio, debajo pero frente a ella.

—¿Por qué me estás mirando? ¿Qué haces despierta a esta hora? Ya no es hora de estar despierta, dando vueltas y vueltas, llevas años así. —Le dijo con una potente voz varonil.

–No puedo dormir, señor –respondió la anciana–. Tengo mucho miedo.

–¿*Qué* cosa le tienes miedo? ¿A la muerte? ¿Al alma? ¿A la soledad? –volvió a preguntar el hombre, cuya calva reflejaba la luz, completamente iluminado por la luna llena.

–Al alma señor, me da mucho miedo el alma, camina por toda la casa y no quiere irse –volvió a contestar la vieja mujer, al tiempo que una embestida de tos la atacaba y se cubría con la manga y el antebrazo.

–No te muevas de allí –dijo el hombre con tal autoridad que la mujer no se movió un centímetro y continuó con la tos, cada vez más fuerte.

El hombre dio media vuelta y se dirigió hacia la parte posterior de la casa, es decir, entrando hacia la sala formal. Al cabo de unos pocos minutos, regresó acompañado por una menuda mujer envuelta en un pañolón negro. Era una anciana con el rostro marcado por múltiples arrugas producto del paso de los años y las penas, pero sus ojos eran una invitación a la calma y tranquilidad.

Llevaba en su espalda una lliclla bastante voluminosa y, ayudada por el hombre, comenzó a subir con dificultad por la escalera curva en dirección a la anciana que seguía petrificada, negándose a creer lo que sus ojos veían.

–A ver, vamos a pasar a tu cuarto –dijo el hombre– miedo, miedo, alma… –continuó diciendo como reclamando o burlándose. La anciana como empujada por una fuerza invisible entró en su habitación. Sudaba frío en su espalda y una delgada gota se deslizaba por su sien derecha.

Una vez dentro, los dos extraños personajes exploraron la inmensa habitación y escogieron una esquina donde tendieron pellejos de carneros y mantas que la mujer extraña llevaba en la lliclla, ante lo cual la anciana señaló que había allí dos catres vacíos que nadie usaba hace mucho tiempo.

Sin hacerle caso, la mujercita se acomodó en el improvisado espacio, se arrodilló, comenzó a hablar, pero la anciana no le entendía.

El hombre se le acercó y sin interrumpirla le dio un beso en la frente. Luego se dirigió a la anciana:

–Ella es mi mamá. Se va a quedar contigo para que nunca más tengas miedo. No le hables porque ella no entiende ni castellano ni quecha, no te va a responder cuando la busques, pero tú tienes que estar segura de que siempre va a estar a tu lado para acompañarte.

Sin esperar respuesta, el hombre se fue nuevamente hacia la sala y continuó escribiendo con la máquina por unos minutos más. La anciana atenta continuó escuchando hasta que al final se oyó el rodillo de la Olivetti y poco después las palabras: «Ya está. Así se escribe una traducción».

Luego el silencio fue total, y la ahora calmada noche fue interrumpida por el maullido lejano de una gata, parecía el llanto de un bebé. Se quedó escuchándola hasta que se durmió.

Al día siguiente, la anciana despertó renovada, como si un sueño reparador hubiese curado tantísimas noches sin lograr descansar. Se quedó pensando en lo ocurrido o soñado. Se levantó rápidamente y buscó a la mujer que se había acomodado en la esquina más lejana de su cuarto, pero no halló nada.

Bajó a la sala y no encontró nada raro, caminó por el comedor y llegó a la cocina tratando de encontrar algún rastro del hombre al que había visto la noche anterior. Como nunca, tocó la puerta a los inquilinos para preguntar si alguno había estado escribiendo a máquina, o hubiesen escuchado algo, recibiendo respuestas negativas.

Confundida caminó hacia la salita de estar, siempre arrastrando los pies y jugando haciendo círculos con los pulgares de sus manos entrelazadas, delante de su vientre. Se detuvo bajo el umbral mirando las flores de las macetas y oliendo el vaho de las hierbas aromáticas del patio.

Apenas se percató de la imágen fantasmagórica del marido sentado sobre una grada de las escaleras. Lo miró sin verlo, no le hizo caso y regresó sobre sus pasos. Caminó hasta un pequeño depósito ubicado entre la cocina y el segundo patio de la casa y allí buscó la máquina de escribir. La halló, pero muy limpia, demasiado limpia para los años que llevaba olvidada. Entonces, comprendió todo.

Desde aquella vez, la anciana no volvió a sentir temor, ni a las almas en pena, ni a la soledad ni a la muerte. Aprendió a convivir con la figura espectral del marido que solamente la miraba, pero no le hablaba, y con varias figuras fantasmales más que fueron apareciendo a lo largo de los años.

Su familia y quienes iban a visitarla llegaron a pensar que la senilidad le había abrazado ya, cuando le escuchaban hablar sola, pero en realidad hablaba con su propia soledad.

Se sintió siempre acompañada, y por varios años más contó que escuchaba sonidos detrás del ropero de su cuarto, sonidos de alguien murmurando, pero en una lengua extraña, como de niños. «Siempre reza antes de dormir, como yo» decía.

Esperaba a la muerte con calma, con la conciencia tranquila de haber vivido honesta y sanamente, reconociendo que lo irascible de su carácter al final era una forma de transparencia y coherencia entre sus pensamientos y sus actos.

Una vez me contó que en cada noche de luna llena de septiembre, todavía escuchaba la máquina de escribir en la sala, pero ya no se animaba a acechar desde su balcón. «Hay que dejarle hacer su traducción tranquilo», dijo.

Ni las enfermedades ni el tiempo lograron doblegarla hasta pasados los ciento un años. La muerte llegó por ella en su casa y rodeada por hijos, nietos, bisnietos y las figuras espectrales de los seres solitarios y ausentes que prácticamente la habían acompañado en las últimas décadas de su vida.

La Molina, Cuarentena de 2020